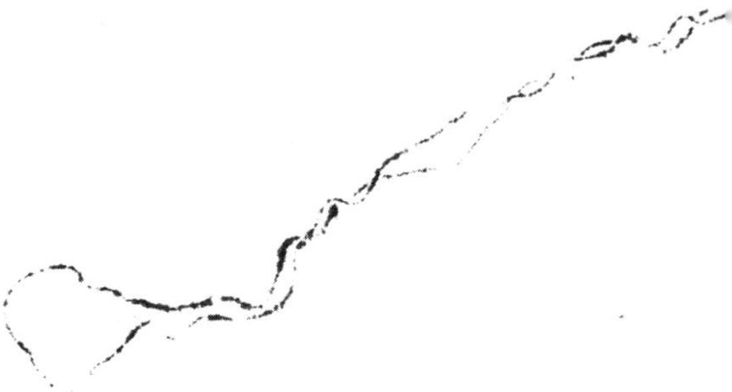

塗雲記

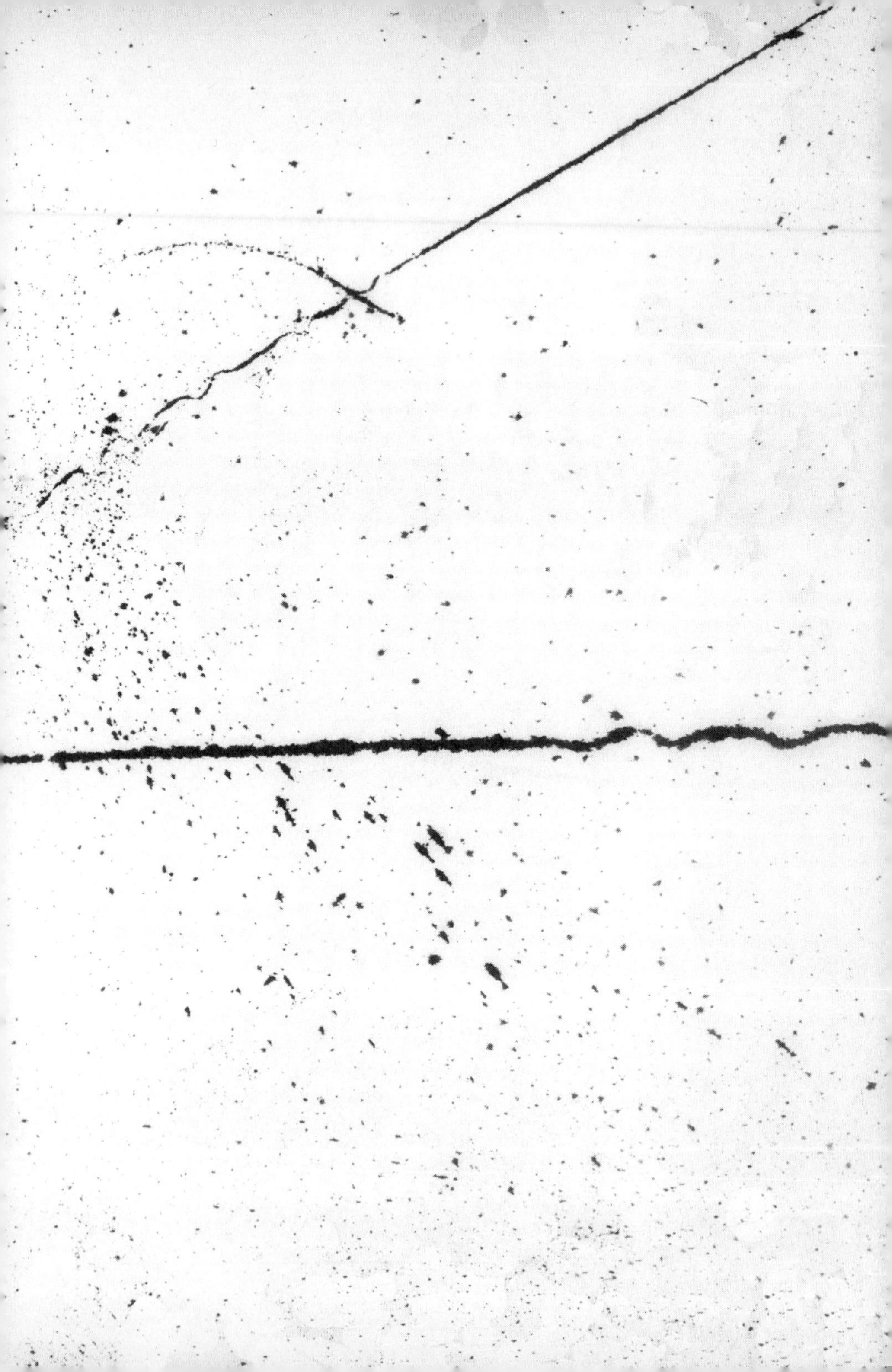

小別

數不清次數例行性的返鄉，他在飛機上三分之二的時間都在睡覺，且睡得很好，雖然這次回來覺得有點怪。

就是這次出國前一晚他臨時出門和外甥女小雅碰面。數年不見她的記憶還停留在他的前泰國時期，其實他已從泰國到中國又回到泰國，她也已出落成一個有想法的女性。聊天中他談到生命中最難堪的打擊，人在異鄉突然被付諸青春效命的公司革職，靠著獨遊黃山走出陰霾，並且第一次說出自己想在永夏的泰國終老。

回國當晚照例家聚，餐館菜色也一如往常，爸媽為他點了宮保魷魚。他們不信他幾乎是個素食者，妻不在場，容易矇混過關。席間爸媽以情以理非常正式的要求他回巢，時間就訂在中秋，最後期限是過年，最具體的理由是他的博士老么夏天就要退伍了，「我們也不知道還有幾個夏天！」不搞悲情的媽媽這話著實令他緊張，大嫂幫腔，反而讓他很快就閃過一座假想的冰山。大嫂說：「換我們出去走走，你沒看，全部人就你沒怎麼老！」

飯後他心血來潮搭乘公車，想不到兩個路口就塞了半個小時，他正要問司機怎麼回事，司機就在發牢騷了，都是連續假期害的，大家忙著出城。

下車後他漫步走回家，多年前他首度踏進這個寂靜的小山城就是這樣一個方式，他聞到茶山香樹香，毫不猶豫接下工作，買了一部摩托車住下來，在二十八歲以前，升遷、公司股票上市、買屋、結婚、生子，全在這兒發生。這些年莫名其妙因為一條老街，人氣廢氣集聚於此，雖然相隔好一段路，長年灼燥的市聲擾人清心。

今晚奇妙的它又有初來乍到時的清新，擴張的鼻腔與胸口盡是涼綠的雨和竹的氣息。他記起這是岳父的象徵。去年此時他才強烈感受到岳父不在人世，沒有人去挖竹筍了。他不在異鄉食筍，筍的季節歸來，他餐餐要吃一大盤綠竹筍。去年此時返鄉病了一場，不過是腸胃炎加小感冒，身心疲弱荒涼更甚於黃山之夜。妻把粥端到床前，碗一就口，腥羶的肉味令他反胃，他振作著找話聊，說上次病倒是她帶幼兒赴廣東就學適應不良回去那時。

「十幾年前?平常都沒生過病!?」她眼珠子一個大溜轉,「你滿會照顧自己的。」

妻每觸及到信任的話題就出現這種表情和語調,他勉力笑笑說:「你們動過的東西全都保持原樣,我假想你們住在那裡。」

「你也滿會說話的!」妻還是不饒人。

隔天早晨天剛濛濛亮,他騎上腳踏車出門,多年前他安裝的車燈壞了,煞車也失靈,在下坡彎道跌跤他才知道。他慢慢慢慢的踩,好像拖著一毯霧。岳父的堂兄戴著草帽坐在林邊吃粽子,細嚼慢嚥微盹,等霧中的陽光如蜘蛛吐絲方才認出或者是記起眼前駐立的男人,叫他過去拿幾枝筍子回去。

回到家門口他才發覺騎錯車了,更罔的是當場有聲音逮住他。

「哎呀!你怎麼騎那台車?它主人過世快……兩個月了!」

恐怖的是他聽出是二樓的張太太,加緊腳步往上爬。當年買屋的年輕夫妻只剩他們兩戶還住在這兒,妻子總躲著她,因為她見一次問一次:「莊先生怎麼還不回來?外國有那麼好嗎?」

「筍子掉了!」張太太在樓梯上追喊,「莊先生!你怎麼回來了?你太太不是推行李箱跟她妹妹出去了!」

他饑腸轆轆好不容易才歇口氣，備好早餐，舌一吐就給銳如鳥喙的電鈴咬住。他尚不及過來，門板外張太太親切的聲音：「莊先生……」遲疑的時間夠她遐想。「莊先生啊！你們門口怎麼一股臭味，越聞越臭，好像死了什麼，裡面有嗎？」「沒有啊……可能剛去外面踩到什麼！」他嗅到比前三次進門更濃的臭味，加上婦女身上錯綜的香，和手上蒸熱的肉粽，越發薰人。

打發她走他的食慾去了大半，仍坐回原位，專注的嚼著三明治。妻留紙條囑咐，全麥土司、生菜、蛋、黃瓜，她已備妥在冰箱裡。有一回妻買一本小說，看一天就丟在一旁，抱怨說報上擷取的一段寫得很好，那女作家形容回家看不到媽媽好像冰箱不見了一樣，誰知道不是那麼回事！冰箱和媽媽的角色在她心目中是相等的。

他習慣蛋煎全熟，妻則是七分熟，在脆口的生菜聲中，他感覺蛋汁滴了下來，而又有一點兒不快。吃了三分之二，一陣屁味似的撲鼻而來，像悶在棉被裡那樣惡劣地持續了好一分鐘。他開門嗅了一嗅，又把剛才外出的鞋抓起來看了一看。

他盥洗完畢，將窗子全都打開，趕十點做理髮廳的第一個客人，每兩個月返鄉一趟必然做的一件事。在泰國理髮沒有自我表述的權利，像綿羊進了剔毛工廠，出來是一個樣。他這樣跟妻兒比喻。

「你喜歡看起來像個外來客？像當地人不是比較安全？」妻說。

圍著紅圍裙的理髮師在擦鏡子，他走進店裡發現她染了一頭芭比金髮。她貼著鏡子描上紅唇，走到牆邊換穿高跟鞋，推著工具車過來，手放到他頭頂回望鏡子。

「有擦乾淨嗎？霧霧的！」

「起床的時候霧更濃，山都不見了。」他說著深呼一口氣，空氣中雖有一些兒窒悶的家庭美髮的職業味，沒有不對。

「新衣服！」理髮師下巴扣向鎖骨，又看看鏡子，「老樣子。」

「嗯。去年的父親節禮物，第一次是兒子挑的。」

理髮師望向鏡子，但看的不是衣服，是他的眼睛。

「你老大上國中就把我拋棄了，老二還來到國二。」

「你記憶力真好！」

「我裝了一個水晶眼！泰國水災退了沒？」

他回到家樓下，注意到那部聽說是往生者的腳踏車，伸手拍它坐墊，反射動作地仰臉朝樓上看。他上樓拿工具箱和打氣筒，把那一部和妻子的同時也是車齡最老的兩部腳踏車修理保養妥當，並在門前小路騎了一騎。

沒趕著什麼事，門口那股隱隱惡臭懸浮在那兒。他把門敞著，趁手髒一鼓作氣掃地、拖地，抹布踏墊全洗淨攤在熱烈的陽光下。正做得順手轉身回神已來不及，迎面一堵牆，所幸未撞得頭破血流。

他彎身按風扇開關，感覺頭昏腦脹。在鏡子前面，笑著看額上浮腫出一個包。陪爸爸去渡假村開同學會的媽媽來電關切他一個人的生活。他強忍滑稽不說撞頭的事，媽媽聽出他的愉快，再度召喚他回來。

掛了電話，順手撥給兒子，笑說忘了啥事找他，額上腫了一包，越腫越大！兒子叫他去煮個蛋，趁熱在腫的地方滾一滾。

「喔……」他訥訥地。兒子小時候敲腫了頭妻就用這方法來撫平犄角，而他總抱持著看兒戲的態度。

「喔！對了，你是不是又有養什麼東西在家裡，怎麼老是聞到臭臭的？」

兒子驚嚷著說他現在又不住家裡，且多久遠的事了。他想聊聊那所謂多久遠的事，兒子稱忙掛了電話。

那時的兒子彷彿趁爸爸不在家豆苗似的拔高，趁爸爸不在家養了一隻狗叫度假。某日度假對著兒子的房門吠了一整個早上，他不停問：「是不是他房間有什麼東西？」妻也不停說：「哪有！他不習慣陌生人啦！」弄到後來他甚至懷疑妻在幫兒子掩護什麼。他們僵持了一整個上午，那氣氛就像飛機傾斜準備升空。妻受不了當著他的面把門推開，若非親眼看見那隻黃金鼠往床底下竄，她還要罵度假瘋瘋顛顛衝進去找什麼。

妻出門前顯然特意整理過，擱在客廳入口的抹布是一條他的舊毛巾，圖案都不見了，顆粒粗大，乾巴巴的兩端翹起。屋裡直立的物品呈現一種防衛姿態，他的東西如預期地放在妻空出來的地方，顯得孤立不協調。他無形中在遵守著某種秩序。

她選了別只行李箱，忙什麼來不及收拾回去，一只迷彩登機箱立於衣櫃前，裡頭只有一個透明鏈袋，裝有牙線、耳扒子、指甲刀、眉毛夾、針線包，他把它拿去放在自己的登機箱內。

他在兒子房間找到了生物——牆壁上的蝴蝶標本。他們出國找他過暑假必買的東西。一座販售昆蟲標本的植物園就去過三次，附近有間受刑人彩繪的監獄。標本有單隻、雙隻、數隻，聽說小姨子在大姨子家看見作為新居禮物的蝴蝶標本也跟妻討著要。妻備有不同隻數的蝴蝶標本，根據親朋家庭成員數送出，最多隻的在大姨子家，無論大小數量都頗受好評。兒子在電話中說他那天剪了一張報紙，報上報導一個退休的日本醫生把畢生收藏的蝴蝶標本捐給台灣的某公家單位，其中列舉的珍貴蝴蝶跟他買的一模一樣，有圖為證，兒子洋洋得意的說：「我的可能還比他大！」他說回去要看那張剪報都忘了。

掛在書桌上方的牆壁，那蝴蝶框在四根黑色木條裡面，表面霧中透亮，手指一掐才知道膠膜尚未拆封，稍用力，耳朵裡面即產生崩裂的壓力和迴聲，尚未觸及那層看不見的透明外殼。

張開的蝶翼大若女性的手掌，邊緣緄有郵票似的微波鋸齒，淡黃褐的蝶翼反射出一種金屬性的紫藍光，美得好不實際，蝶身又醜朽得如此真實。可能是一心保存前者而忽略了後者，也或者那根本照顧不來。

他躺在兒子的單人床上，面部不停腫脹使他不停做夢，兩眼凸脹得像蜻蜓一般，且有一股吸力企圖把它們吸出來，把人吸上去，痛的感覺沒那般強烈，但呼吸有些吃力，氧氣面罩自動落下。

鄉下遠房親戚的孩子和她的同學到城裡參加考試借住在他們家——南部的老家，餐桌上他沒瞧她們，晚飯後她們在隔壁房間溫書，不時傳來低語笑聲。她們用書本遮著臉跑來跟他借原子筆，他說：「別遮了！我知道你們在做什麼！」她們數一、二、三，一起拿開書本，展示臉上畫完兩枝藍色原子筆的成果。

他訝異而驚喜，竟然在夢中又看見她們。那晚，他其實非常不快樂，爸爸說了重話禁止他加入登山社，那是他上大學最想做的事，且剛從一次豐收的登山活動歸來，拍攝到十分動人的景致。那晚，那兩張藍鬍鬚的臉龐，把他從谷底拉上來。不知道她們現在變成什麼樣。

不罷休的門鈴聲有快有慢忽長忽短，彷彿在試驗一種受訪者不討厭的按鈴方式，懇求開門。

他檢查完電話和手機，才聽到張太太。還有另一個婦女的聲音。

「不好意思，我正要出門！」他一開門便後悔。

「莊先生！我從小專門在聞東西有沒有餿，要不是親眼看見莊太太提著行李出門，我真的會懷疑是不是……我真的聞到一個屍臭味……」

另一個婦女已經老了，七十有了，面有病容。他欲拒還留地看著她，她突然轉身離開。張太太說：「這住三樓的婆婆說……」

「對不起！我趕著要出門！」他板著臉闔上門。

摘了棒球帽他直視鏡中額頭上面越紫紅越腫大像一個吻痕。

「笑死人了！」一下半張安然的臉浮出一個微笑。

他一一檢查偏僻角落、衣櫥櫃子，一一翻閱垂掛著的冬裝，他拿下一件襯衫去換登機箱裡的一件，進而抓張椅子，站上去開啟衣櫥上面的儲藏櫃。裡頭兩捆如肥蠶的被胎，似乎是剛曝曬收藏的，一股赤地的香氣。恐怕就是妻旅遊前非完成不可的一件事，從前她帶孩子去找他就常說這樣的話，我們出國前才這樣，我們出國前才那樣。每當換季她又總說起他未曾謀面的岳母，說她在世的時候被套還要漿過才收。

他想拉出最裡面一個厚重的袋子，把除濕盒給拖出來，濺濕了胸口，倒灑一地。

他深呼吸跑去應門。

「我來謝謝你幫忙修理那部腳踏車。謝謝！」門外老婦人點頭再點頭。「我一戶一戶去找，看到你就知道是你，這我自己包的鹼粽和一小罐蜂蜜，習慣了，愛包愛包也沒人要吃……車不好連小偷都不要……」

「對不起！我不出門不行了！」他小心的調整帽子。

踩踏板滑出去的剎那他扭頭向上望，道謝的老婦人立在陽台，他加速切入如大禮堂布幕般潮而重的風裡，聽見風吹著雨哨。帽沿箍著眉骨，雨舔得執著的兩肘發癢，輪胎鼓鼓地輾過浥濕的沙路，帶有蛇出洞的喜悅。岳父說，天氣將變好變壞都是蛇出洞的時候。彷彿跳遠，助跑，騰空飛起，而後降落在沙坑徐行。雨並未變得更大，甚至有些虎頭蛇尾。

據說這是今年最長的一個連假，多數商家沒有營業。路旁停車綿延，急欲回車上躲雨或拿傘的人湧到大路上來。

他停在一間建材行，打聽有貓孔的門的價格。趁老闆不留意，掀開帽子照了一下鏡子。這時外甥女小雅打電話說她人在老街，原本興致勃勃地和她討論著碰面地點，忽然給耳朵裡的熱絡澆熄，想到來老街的人絕非一個人，便稱事作罷。

堆積榴槤的藍色小貨車，榴槤殼散布在地上淋雨。聽見有人敲窗，車上的中年人套上汗衫下車，插正榴槤堆上寫著「泰國金枕頭」的紙板，沒有回應客人說：「這是我第一次在台灣買榴槤。」

榴槤的霸氣將達到高峰的端午瘴氣弭平，他快活的臣服其中，洗完澡，打電話問兒子，媽媽明天坐幾點的飛機，兒子叫他去查一查電腦。

電腦螢幕跑出幾行字，扎實尖銳的字，殺傷力和榴槤一樣。幫忙打掃工廠的比利是個孤兒，據說媽媽是在田裡被掉下來的榴槤砸死的，大哥在高爾夫球場當球童，他看見比利拿高爾夫球來給工人的小孩，心底有種堅硬的痛。

反正我要後面那一團，不然我自己走，一定要我說嗎？

回來也是大眼瞪小眼，他心也不在身上，我叫小管回來陪他。

叫你去突襲一次不就得了。

你們不了解，我不想也不必要，談這個做什麼？

我很喜歡我的生活。巴黎有一半的房子不都是一個人住。

你這樣不想陪他有一就有二。

習慣了！能怪誰？他也會比較自在。

他手托下巴仰臉盯著牆上的蝴蝶標本。

隔天下午妻連問兩個問題走進門，「頭怎麼了？怎麼有個臭味？」

簡單的尷尬的問題，他不知所云。

「你吃榴槤？」妻幫忙回答了第二個問題。

她把一雙他沒看過的帆布鞋放進鞋櫃，蹙著眉看他的額頭，像在判讀衛星雲圖。

「才好笑，千敏也掛彩，幸好在眼睛下來這邊，導遊說戴眼鏡的要把眼鏡拿下來，猴子會搶，她偏不信，一上山崖就被搶，幸好有一個當地人拿吃的跟猴子換她的眼鏡。」

他笑著看她說話。

「你是曬黑還是變瘦？」

「變老了！」妻走進臥房移動行李箱，他剛才把它提進去放在自己的行李箱旁邊。

「我幫你買了幾條手帕！」她說。

妻把盥洗用品和髒衣服歸位，來到餐桌旁看著桌上的粽子，剝了粽葉仍然看得出來，不是她的粽子。

「這樓下歐巴桑送的，謝謝我幫她修腳踏車。張太太也跟上來，我不讓她進來。」

門鈴響。

「不要開！」飯廳近玄關，他急忙小聲制止。

門鈴又一長響，妻瞟白眼說：「煩人是她的強項！」又一短促，妻性感的痞動著嘴巴，好似說：「討厭鬼！」

人家說人老了嘴唇會變薄，不過她的雙唇依然豐美，上頭殘留著旅行的胭脂。

他輕緩的按下開關，卻將飯廳的燈錯按成客廳的燈。

餐桌邊圍著三張白木椅，一張鋪著彩色手工坐墊的造型沙發椅，兩人伸著右手無聲地讓座。最後妻在沙發椅坐了下來，露出歸來的幸福表情。

「茶葉幫你買好了！」妻舀了一大匙辣椒醬。

「你現在也很會吃辣！」

妻不再說話，垂著慵懶的藍色眼簾專心吃粽子。

她把肥豬肉剔出粽子，擱在盤邊緣。過去她都用肥豬肉交換他不愛吃的蛋黃。

他們一前一後伸手抽衛生紙，幾乎同時看見面紙盒旁邊的一條小黃河，河中高低起伏的乳白色小生物，比龍舟舵手還賣力地划著濃稠的水流，源頭是筆筒旁邊一塊紅花綠葉的紙杯墊，上頭躺著一顆皺皺的膚色的蛋。

「啊！你的蛋……」

「天啊！一直拖一直拖，還沒有把蛋汁滴出來……」

兩人淒叫著摀嘴彈出座位，異口同聲：「我來！我來！」

妻戴上手套把他拿來的塑膠袋接過去。

臭氣不減反增，不吐不快，妻掩住口鼻嘻嘻哈哈向電話那頭描述這件噁心至極的事，一邊穿梭關照屋內各處，反覆著眼於丈夫和出事的餐桌一角。

電話那頭的人問著和他一樣的問題：「收集那個幹什麼？」

她說：「很特別啊！也很可愛！賣蛋的人說好幾簍才碰得到一顆。有的說是沒生蛋經驗的母雞下的，也有的說母雞生蛋的時候太緊張才會這樣殼皺皺的。可惜！那顆皺得特別厲害……白的當然也有，白的不明顯，我弄了七顆了……我們工具箱有一枝尖尖的，慢慢敲敲敲……應該一樣吧，沒吃過……」

他越聽越覺得嘔心。「我拿出去丟囉！」他輕輕開門，拎著那個爬著血管和皺紋像他身上某個器官的腐蛋走了出去。

二〇一二年二月七日

光暈

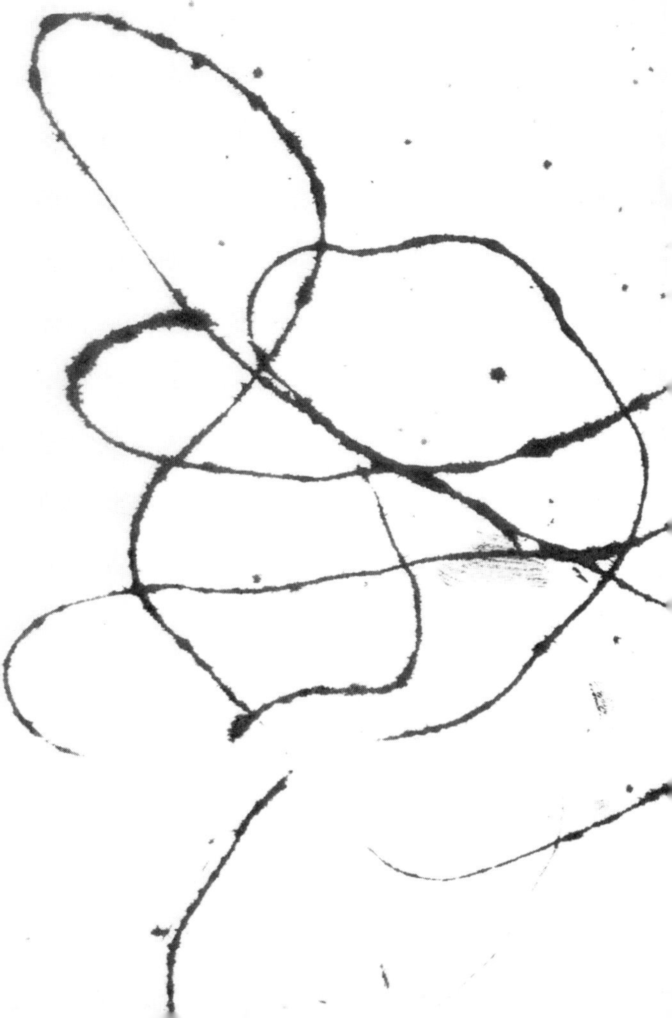

安和聽見賢人的提議想起了受困地底五十九天的智利礦工，即將見到丈夫的礦工妻子告訴記者，這次上來之後無論如何一定要想辦法給他買部計程車。

賢人遙指對岸路口第一個停車格說：「好停又好出！」轉彎來的車輛彷彿協力欲遮住它，黃瑩瑩的一頂帽子，越靠近帽沿就壓得越低越重。

來到這兒安和才知曉，賢人有兩部車一個私人車位，出去開計程車，就把普通車開來這兒占車格，且是免費車格。路口秋風猛掀他後腦勺，當下不禁自憐，隨便一個計程車司機都比他強。他下意識的轉轉頭，轉轉念，認識週遭環境，這時望見櫥窗內立著幾根冷傲的光棍，像被扒光的模特兒，漂亮自信又很有頭腦的樣子。

停妥「小黃」，他把老克萊斯勒開回一公里外賢人家的車位。這車是不打理門面的，彷彿一個喬裝窮困的老黑爵，人坐進去立刻陰沉起來，下雨也慢了幾拍才知覺。停妥「老黑」，發覺皮夾掉了。找不著傘，找到一頂迪士尼造型帽。漫步往回走，雨摑著耳朵分外淒冷。

他坐進小黃的副駕駛座，摘下眼鏡來擦拭，伸手觸摸駕駛座，座上猶有餘溫。老中醫叮嚀：「常常深呼吸！學做慢郎中！」閉目回想皮夾從口袋掉落的感覺，追索這類記憶他是那般經驗豐富而痛苦。若不是兩年半內犯了四次疝氣，也不會想離開原有的工作和生活，暫時開起計程車來。

皮夾在駕駛座的車門底下。錢財沒有短少，證件在，前女友的兒時照也在。熄燈，全身鬆弛靠在椅背上。爬滿雨滴的車窗和櫥窗之間，隔著窄窄的人行道瘦瘦的走廊，算起來不過五公尺，卻似客船與寒山寺那般遙遠。他從醫院的窗戶望見尋常人家的燈火，也是這種感覺。

他把兩腳圈起放在座椅上，好一會才發覺自己扭著脖子看著那燈。雙層水朦，彷彿冰櫥裡的燈雹。花店也用這種又高又寬的冰櫥來保存鬱金香，為了討好女朋友，他指著冰冷櫥窗內不知名的白色花朵：病榻上他卻只有一籃水果相伴。

誰都不會歡迎長期霸占門口車位的垃圾，這號人物正投身火樹銀花的玻璃櫥窗，瞳眸閃爍，妄想一親芳澤。他心虛地在外面小晃，直到來了一位戴白色俄羅斯毛帽的女士，他才隨之混進「城市之光」。一股暖流烘乾鼻毛和人中。地上高高低低，牆上長長短短，天花板大大小小全是燈，似打翻了火琉璃珠。

燈的吊牌全是英文字。他想起與老婆出國二度蜜月的賢人，不想多問，賢人偏要告訴他，他們是去歐洲！幾天後還逮到他過來交車，叩他上去看他們夜遊塞納河的照片，河上河下燈火蕩漾。

白帽女士用她戴手套的手輕撫燈罩，她非第一次上門，鎖定目標來議價。女店員拙於言辭，招架不住只說：「那要問老闆！」

他背對她們盯著櫥窗門面呈三角洲散布的一叢冰柱般的立燈，彷彿也是有目的來的。

「八折你說一萬七千四……我就被這仙人掌迷住了……」

八折相當於他待十年的電腦公司半個月的薪水，他忍不住回首一瞥。發現她指的是盞小菌菇狀的小床頭燈又把他給嚇一跳，雖然仙人掌狀的燈柱很可愛。

默默走出表裡不一昂貴價格卻毫不起眼的店面，穿過中央分隔島，來到對面的公車站牌下。二十分鐘過去公車還不來，看見一頂小白帽他連忙踮起腳來。那戴白帽的女士擁抱一個方盒走出城市之光，在他們的小黃旁邊不倒翁似的晃左晃右。

這個夜晚他亦歡喜的摟著紙箱走向門口。聽說這叫「購物治療」。停泊在外面的小黃一映入眼簾，紙箱便像椅子似的打到地上。他也站在小黃旁邊一副探看司機在不在的模樣。

車上不聽新聞是對的，避開政治與節慶的干擾，回家聽到警衛聽的廣播才曉得這天碰巧是白色情人節。有個用腮紅遮雀斑但是不搽口紅的女孩子曾考過他三月十四是什麼日子，他回答人家干我什麼事。

這天也是賢人出院的日子，安和忌怕醫院遲未去探望，直到出院日才開車來接人。賢人打趣的跟老婆說：「安和現在越開越有心得！」臉色比賢人更枯黃的老婆說：「小心哪！計程車司機沒一個腸胃好脊椎好的。」

撐扶賢人挺上四樓公寓比雙人攀岩還難。他現在改住電梯大樓，搬家多虧賢人幫助，四個月不能搬重，醫生囑咐言猶在耳，也不好哼一聲。

回到家躺在床上，背脊痠疼不已，賢人老婆的風涼話又像烏雲飄來。因而走進城市之光買燈？還是載了一名殘燭老婦上山賞櫻一時浪漫所致？或者只因為黑夜？

這筆交易不是一天的偶然。個把月前某天中午他把車開進百貨公司，他有這家百貨的貴賓卡，消費九十九元就可免費停車一小時。他在B2吃個飯、上個廁所，乘手扶梯到B1晃晃。以前他常自嘲，B1的東西我還買得起，現在可不一定。一盞很平常的燈，他輕輕挑了一下燈罩下像鈴舌的吊牌，看了三遍確定是五位數二字頭，很不屑地想，夠我放八百個天燈，許八百個願。這個想法似曾相識。

女店員無頭人似的靠近來，水藍色套裝，只要不看她的臉部，特別是攝人的眼睛就沒事。這是他以前陪女朋友逛街的經驗。她用討人厭的假溫柔說：「你好！這是我們義大利名牌燈具的經典款，博物館也有收藏喔！」

這一說他更注意到，它的名字和城市之光看到的一樣，A開頭的一長串。他記下第二個和最後一個字母，到城市之光比對品牌和價格，城市之光便宜四千塊。

燈樹立在床、床頭櫃和衣櫃之間。綿軟的光氛在床的右沿鋪灑一片銀色沙灘，又彷彿一條芬芳細膩的大腿擱在那兒。他小時候雖不愛讀書，卻喜歡鑿壁引光和囊螢映雪的傳奇故事。

燈下他微笑翻閱《讀者文摘》的莞爾小集，還難得認真看了兩篇較長的文章。書頁上有好似女人肌膚若有似無的金色細毛。不知不覺和衣而眠。

惡夢與尿急像兩部競飆的車把他壓在顛簸的馬路上，身體動彈不得，頸背下墊著兩個既不鬆軟也不紮實的大枕頭，枕上印有某某醫院四個大字。

膨脹的膀胱急速排空，他站著不動，等伴隨而來的失落與虛空放對了地方才輕緩走回床舖。

寵愛自己一個多月後，他把房子分租給一個叫KC的年輕人，他聽見馬桶沖水聲就會跑來敲門，「大哥！說個故事給我聽！」像嗑了藥，瘋瘋顛顛，一碰就要哭的樣子。他看得出他會是這樣子，他故意不找正常人當室友。

他跟他說某電台週一到週五有兒童床邊故事。這一說才記起他是在小黃上面聽的，晚上八點半，孩子上床的時間。

「不要！我要真的人講真的故事！」一百八十多公分的大男生撒嬌。

他怕了他，只得把尿留到天亮臭爆了才沖，一時驚醒給忘了。他從床上伸出右腳踩熄燈光。自從買了八百個天燈夜夜浴燈而眠。

故作禮貌的兩響敲門聲不斷。

他拒載乞丐、酒鬼、失眠迷幻者。

「請問你有OK繃嗎？」KC的女朋友喬琪以小紅帽惹人憐愛的童音誘使他開門。

他把ＯＫ繃推到門板下。

「你有沒有聽過眼睛的故事？」喬琪說，「有人啊住在旅館，門外有腳步聲不敢開門，就蹲下來啊往門縫底下看，沒看到腳，看到一雙眼睛！」

他乾笑了兩聲，照後鏡切割出一雙眼睛，他每天過著門縫裡瞧人的生活。

他再也睡不著，乃踩亮燈火，準備提早動身回南部。想起搬完家扔了那只伴他四進四出病院的綠格子旅行袋，有些不捨。它適於外出三天兩夜使用，冬天飽滿，夏天鬆垮，拉鍊從來沒卡過，人們看見它總會問候：「去哪玩？」

無三不成禮不也應驗了，過五關的迷信隱約在心中形成陰影，一個設定了就無法取消的程式。他成了一個有四個月限制的機器人，過著僵直慢式無欲的生活。第一次小心行事過了期限，幫會計小姐搬張拜中秋用的桌子導致悲劇重演。第二度入院動刀最是憂喪，下床解尿一個浪頭打來，隨即倒地躺成岩石。麻藥半退身體半僵，護士小姐冰涼的手像雪鴞抓起蟲子似的生殖器往尿袋裡塞。愁雲慘霧的燈光下護士下三白的眸子裡，一切都好虛無。

他把旅行袋塞滿廢物扔進垃圾車，因為是新面孔，又把手伸得太裡面，幾乎要給絞進去，隨車的清潔員一把將它搶下，打開來檢查。老阿婆邊摸邊鬼嚷這好好的啊。他也不動氣，由他們去鬧，最後必定是想到了亡魂而放了手。

衣服都穿好了，時間還早，外面也還有聲音，便歪靠在床頭，伸長手臂去抓床頭櫃上的手機，仰臉對著燈罩，兩顆飽滿光裸的玻璃燈泡直射瞳孔。

他把殘留在手機裡的簡訊一一打開來複習，最後停在分手留言。

他壓抑著按她號碼的欲望。

最近好嗎？還好！剛買了一盞燈！對啊，燈，不是嗎？

他側出身體，手輕勒著燈桿滑上滑下。醉人的精緻觸感。

立燈，大概有一六〇……跟你一樣高……

灰白，銀灰白，燈亮時是珍珠白，燈桿很瘦，大概拇指那麼粗，正面平的，側面圓的，很細很滑……

講起它最特別的地方，看似簡單卻沒人能想到，它的燈罩給切開一道半徑長的溝槽，於是整個燈罩可以像鐘錘那樣的擺晃，想像加速晃動不就像海上巡航的燈塔，甚至可以三百六十度翻轉倒立。

晨間的家沉靜如常，媽生前和爸枕的花枕頭擺在客廳沙發上，凹陷的枕痕一窟油亮。多年患的壁癌已有清理改善，爸用退休金做的最好的一件事。爸和顏悅色問要不要陪他去看醫生。

午後父子倆大腿緊臨的坐在沙發上看新聞嗑瓜子。門鈴響，爸喊他下樓幫忙搬電腦，自己一馬當先衝下去。可見得爸沒有和他一樣的隱疾，來的是個女人。

他從耳環打量她至拖鞋，年齡約在他們父子之間，他擔心修好電腦得幫她搬回家，她說暫時放著給你爸學上網。

一次完美的回家，他努力保持和氣，等那女人離去，幽暗朦朧襲來，爸打開日光燈，彷彿油煙籠罩，他忽然產生強烈的出逃的欲望，他走進房間，暗中在媽習慣藏私房錢的書櫃底下放一小疊紙鈔。

漫長的一天，他被天南地北兩個城市拉開，回到這城市，即便睡眼惺忪也忙著認路。夜深了，前方道路像一個礦坑，如不倒翁和時速指針搖晃的行人和建物都不見了，有種陸上行舟的平安感。自小客車加速走出同行巴士的陰影，速度慢了下來，在右前方展示它廉價的香蕉黃。誰在開玩笑，他不信自己的眼睛，輕笑出來，「飛利浦疝氣車燈」，小黃車尾似乎貼著這樣一行廣告。

第二次總是最令人驚訝，前面小黃的屁股竟也出現「飛利浦疝氣車燈」。詫異，不解，外加一點怒氣，閃神撞上那行字！除了須向兩個司機賠不是，還得支付兩部小黃的修車費，損失慘重。

鬧這笑話他不知道找誰講才好，接著天天看到那行莫名其妙的字低賤的在路面上流竄，他也留心著賢人的車尾是否貼上同樣的標籤。他上網輸入那七個字，馬上有糾正的訊息出現，氙氣，非灿氣！氣體的山和生病的山差很遠。他用力拍掉畫面，一個人傻笑。

門把下的鋼鈴叮噹響，他推門進去，瑩白燈林中兩隻深邃的黑眼珠立刻將他捕抓。他來問修燈的事。

她從櫃台出來，侍立在旁，像個被老爸罰站的大女孩，被男老師叫起來答不出問題也會這樣，兩隻手背在身後扭動，探測著身上的痠疼，順便運動運動。有幾次動作稍大，好似手被綁住了，肩形和胸口微坡起伏，露出一截小蠻腰和吊橋狀的內褲褲頭。

她似乎不記得他，不可能知道他與門口那部小黃的關係。他多次在玻璃窗外駐足，她從不抬頭。別是沉迷網路啊！久了目光會呆滯！他強烈懷疑他的隱疾與電腦有關。

或許天熱的關係，感覺燈比之前更多，吸著盤旋著倒掛著壁上長出來的，如雨後春筍，亮汪汪一片輝煌，將這鐘乳石洞穴簇擁得更小。現在只要方便停車，只要是照明燈具店他都進去瞧瞧，不知不覺眼光變好，知道這兒的燈好。他看得極慢。

她的步伐拖得極慢，分解著某個複雜動作似的，重心時而在前腳，時而在後腳，就是不會兩腳併攏乖乖站立。

她知道他是認真想看，不是走馬看花，一個箭步跑過去打亮更裡面休眠的燈。他看到哪，她就開到哪，黑眼珠溜來溜去，趴趴趴一聲聲。頑皮的調情，夢遊的仙境。黯淡的燈乍明比一直亢亮著更美輪美奐。

「樓上還有！」她帶頭走上二樓。他為她感到擔心，上樓去比獨自搭上小黃更危險。

因著她天真無邪的信任，他節制的不多張望她包藏在低腰緊身牛仔褲裡的俏臀。消防車滅火的高梯不該叫做雲梯，這才是雲梯。

彩雲滿天，彷彿來到另一間燈店；兩側矮櫃上排列著大型美術燈，奶油白居多，也有粉橘、橄欖綠，一座座華奢的宮殿；頭上是金枝玉葉的水晶弔燈，砸下來肯定像公主壓在身上。梯口至窗口，她拿仙女棒走一遭，點燃所有的燈。魔術幻影凝在前方，她站在梯口看他走進去，蒼蠅走入琥珀。

細聽並沒有音樂，剛啟動的空調在呵氣喘息。或許太像舞池，或許霎時燈火通明耳朵產生了幻覺，似有滴狀網狀的音符在迴響，叫人有些彷徨迷惘，動靜皆不是。

他走到盡頭，和那賣電燈的女孩——賣火柴的女孩——站成兩點最遙遠的距離，回眸看她搽不搽口紅，轉身鼻頰碰上了微溫的落地玻璃窗，好像洋人交頸貼面。馬路上流螢穿梭。對岸他等公車的站牌下站著一個女人。頭一次在彼岸發現城市之光的二樓也是燈的世界，竟滿是歡喜，世界上的燈多多益善。他叮嚀自己別看腳下的小黃，但還是看了。

安置好賢人的兩部車，如果不太晚，他會走過打烊中明暗交替的街道回到原地，小黃的右臉頰反光油黃，表示城市之光還在，不妨進去做做燈光浴。賣電燈的女孩沒說一句話。他們共享這光泉的浴缸。

有一次他在店裡拿了一張傳單，特地開著小黃到美術館看義大利燈飾設計展，順方向去一個社區圖書館還一本乖客（一雙迷惑的咖啡色眼睛）落在車上的書。他把那書看完了，《為什麼公車一次來三班》。

燈飾展的場地特別昏暗，沒有立燈，沒有實用的燈，全是放置在展台上幽明的檯燈、藝術燈，有點不食人間煙火。展台低，每盞燈他都彎身在許可的最近的距離俯視、凝眸。表情動作十分傾慕，又像在致哀。

怪異、寂寞、孤芳自賞的燈，其中毫無美感的是一捲幾乎就是洗衣機排水管的燈，像腸子又像蛇，更像蚯蚓，身上卡著一圈圈紅土灰泥，標示的設計年代正是他的出生年份，一九六九。

還有一次不是空手返，他在二樓一張新出現的長桌上選了兩個木雕面具和一個椰子殼盤，她難得出聲：「非洲的！」正巧她穿件豹紋小背心，遮掩在草綠的短外套裡。他把盤子翻過來，底下有「Made in Kenya」的字樣。

兩個動物面具買的時候就打定送給那兩個勉強稱作室友的小朋友，但什麼都沒說，擺在客廳桌上，他們半夜回來，發出一聲野獸之呼。

夜半夢醒時常聽見歌吟。他回來遇見他們就聊幾句，隨口讚這首歌好聽，隔天他們即把那首歌拷下來給他。他笑了笑，搬家轉行後，電視電腦音響都不插電了，世界回到只有愛迪生。

但就是不許他們再到他房裡，那簡直是災難。第一次放行KC就撞歪了他的愛燈，燈桿欲斷未斷卡在底盤上，斜倚在床頭櫃邊，仍然通電發光，喬琪叫它「比薩斜燈」。果真是義大利來的。

有天他放假，陪他們聽兒童床邊故事。喬琪點上一杯叫「馬達加斯加」的香氛蠟燭，當故事說到小紅母雞用她收成的麥磨成麵粉做好烤好麵包，KC在沙發上睡著了。

有時候喬琪勾著他的手把燈熄滅，吵他講鬼故事。

「從前有一個女朋友喜歡叫她男朋友說鬼故事給她聽，他男朋友只會講一個只有一句話的鬼故事，『有一隻手從馬桶伸出來……』」

地板上一塊陽光金磚，燈店來的黃先生跟他問早。面具擺在桌上。黃先生說：「這我妹從非洲帶回來的……」懸起一個玫瑰紅吊燈，好似釣起一頭巨鯨。兩人屏氣凝神。黃先生用一個東西放在燈罩上測量平不平衡。他則在想，玻璃？怎未考慮到掉落砸碎的問題。黃先生說那根鋼絲可承重三十公斤。

搞定後黃先生接繼之前的閒聊，「她很漂亮對不對，客人每次都在問，念建築系的，現在暫時休學……」黃先生見他沒搭腔，說：「我給你準備省電燈泡，俄羅斯今年就開始禁止生產傳統的白熾燈泡了！」怕黃先生以為他也是她的愛慕者，也就不提修燈的事了。

當晚小情侶徹夜未歸，意外地賢人的老婆來訪，一個瞳孔血紅的黃臉婆。

「他自從動了手術身體反而差，這樣跟你輪流也喊累，已經不是那種可以跟人家滿街跑的年紀了，現在就跟人家學做點小生意，要不然開計程車是最自由，我是想說，車就盤給你，你有時間想一想。房東有情調喔！這盞燈真漂亮，還玻璃做的！」說著用指甲彈了一下。

他回到家嚇了一跳，屋裡垂一盞紅燈，好似天氣最好的淡水夕陽。小情侶在燈下桌邊坐著，桌上有烤雞和幾瓶香水似的樣品酒。跑了一天車他累垮了，坐都坐不正。房東太太突然上門，罵他們不該擅自鑽孔掛燈。三人默不出聲，眼神一致向她。她退了出去：「是燈哪！別的我就叫你拆了，房客有房客的規矩……」

飲酒作樂像在慶祝什麼，最後他受不了說：「這燈好刺眼！」「慢點！你看，那裡，還有那裡！」喬琪指著映著紅燈的廚房的窗和客廳的門，「好像蛋糕盒蓋！飛天的蛋糕盒蓋！」

他只是驚訝門窗怎麼那麼黑暗，他剛從外面那個輝煌的世界歸來。

天亮的速度超乎想像，醒時才濛暗，找出並穿好自己的衣服，晨曦如潮已將房裡的物品拱到灘上來，床，床上赤裸的發育不良的男女像兩根歪倒在蛋糕上的蠟燭，燭頭有燃燒過的黑色痕跡。他的床。他的床單。倒塌在床頭櫃上的比薩斜燈。又是一場災難。

起身前他躺在他們之間，身上有種砂紙沾水磨過的感覺。開頭他記得，他們跑到床上來說故事……偎依在一起……他們夢想當繪本作家……回想令他作嘔，匆忙逃離現場。

日不落，客廳紅豔的蛋糕盒蓋還亮著，幾隻小酒瓶像灰燼歪在桌上。

他步行前去取車。陽光越燦爛路越開闊漫長。車河裡鮮跳的黃顏色叫他想起流浪的黃色小鴨。這是個真實故事，不知道他們知不知道。黃色塑膠小鴨游出翻落的貨櫃夜以繼日在海上漂浮，潮流像電梯一直帶著它們跑，游了十多年，繞了地球一大圈。

兩通電話。賢人的老婆問：「考慮得怎麼樣？」從前的同事媚說：「蔡安和！剛剛我看到你過橋耶！走那麼快去哪，不錯嘛！看起來雄赳赳氣昂昂，昨天阿舍還講到你耶……」

他用眼點數至他住的樓層，確定沒有光亮，回去拿了定存單存摺印章等重要文件。左手抓鐵餅似的掌住底座，右手舉著燈桿，儘速離開。

路上有個孤伶伶的小姐向它招手。停車才發覺白衣白褲像是護士，他有些不願意。倒下的比薩斜燈從副駕駛座斜向左後方，將他倆隔開，但隔不開那股藥水味。他偷偷看了一眼，不看不怕，看了反而陰森森的，光是對青狼眼。

商家都打烊了，灰色鐵門封鎖著城市之光。隔壁是專業運動服裝店，他可以靜靜看著櫥窗裡彷彿一縷忠魂的白色跆拳道服好久好久。再過去是奇怪的米店兼資源回收站，常有各式百合擺在門面。路樹守衛著城牆，路燈灑在成列泊車上亮亮的好像一條護城河。

燈擺在前排座椅，他橫在後座，兩隻腳丫高起踩著玻璃窗，弧形的聲音從他右手邊溜上來滾過頭頂。這時候又想起喬琪，她特別喜歡講這類怪事。有個北京老人設計興建了八間「膠囊公寓」，寬有九十公分和一百二十公分兩種，長都是兩百四十公分，面積不到兩平方米，身家一目了然，裝有防盜門，月租兩百人民幣。看屋的不過是好奇，只來了個二十五歲花樣年華的山西姑娘，她帶來花棉布、壁紙和剪刀，興致勃勃裝飾新家。喬琪說要在這裡，她也會去試住。

日正當中，市郊一家門面篤實可靠的水電行。狀似外籍新娘的牛眼黑妞抱著寵物坐在櫃台高腳椅，「老闆上樓吃飯等會下來，」她說。他仰臉看牆上的獎狀，頸瘦背僵，雙手扠起腰來。不是表揚修繕技術優良，而是觀護人感謝狀。一個高調小妞來串門子，黑妞說這組保養品她買過，上次去法國……

他還在滔滔說明，之前不動按鍵用插頭控制，有一天不小心踩了按鍵就不亮了，亮了！怎麼辦到的？老闆只回答燈桿斷掉的問題：「少一個螺絲，那種螺絲店裡沒有，等一下叫，明天來拿！」

「我以為要用黏的！」說出來自己也覺得傻不嚨咚，計程車司機應該是見多識廣的。

他突然猶豫了。

老闆說：「我都不怕了，你怕什麼？」這句話應該是勉勵受刑人常用的句子。

整齊是整齊，店內畢竟多的是黑膠烏油，他把燈搬回車上，想了想，找個洗衣店的透明塑膠袋套住緞面燈罩又折返。

下午一點載濃妝豔抹的肥女人到貴婦廣場，「等我一下！換個東西！」他還不及反應，她已飛身離去。這一下足足有三十分鐘，在車內睡了幾天，更難耐坐困於此。他注視著靠近旋轉門被一股吸力捲入漩渦的浮華女性。其中一個非常耀眼熟悉，似乎是明星。他無法不想，終於得到解答，是城市之光！他把車開進廣場的地下停車場。

把這過程寫成童書，主角必定是一隻配上快轉競賽音樂的老鼠，牠由下而上沿著橢圓的動線疾走，像一把刀環削著蘋果。人生要是卡通就輕鬆多了，倒帶，他回到地下一樓，看見城市之光同時聽到「你看你耽誤我多少時間，計程車還在外面跳錶！」

肥女人翹腳坐在鞋櫃抱怨。城市之光在服裝專櫃的穿衣鏡前面，腰間圍著半版報紙似的迷你裙，兩條白皙長腿繃亮得如剛剝的筊白筍。她似乎在央求男店員什麼，隨著男店員的眼神，她發現夾在模特兒背影間一個猥瑣的無聊男子，輕瞟，不值得她瞪一眼。

水晶球裡的模特兒穿著和她一樣的裙子，腳邊一小張紙卡寫著：「衣39800／裙19800」。

車廂內的夜晚他常仰望城市之光，路燈之上隱約可見，昏暗樓窗上一枚瑩白唇印，可能是隻蛾，雙翅大張有如手臂，裸身貼在玻璃邊界上。夢中她從透氣的窗縫伸手進來叫車，他一時情急開著小黃就跑，弄丟了賢人的停車位。

石象般的肥女人不翼而飛，他拐個彎向寂靜裡走，苛厲的金屬鞋跟咄咄逼近，踩上脊背刮向頭皮，一種悚然的鈍痛來臨，他本能的想蹲下。前頭珠簾後面擋著一具油亮的黑色洗手台，他掉頭與那女蹄擦身而過，她的步伐力道稍有減弱，而他輕若太空漫步，忽然她跟著轉身，追到他面前。

「你站在那裡看什麼？你這樣人家會誤會你是我男朋友你知道嗎？我看上那件裙子！」

「上衣要不要？」他從口袋掏出車鑰匙。

他坐上駕駛座，把一大只白色紙袋推向後面，調整照後鏡對準命令她，「換上！」

她眉目低垂，忽而放大瞳孔仇視，那黑聳的睫毛沾滿蛾粉。她拔開鈕扣，抖掉高跟鞋，嘗試擺放長得令人討厭的腿，屁股蹦了幾聲，弓著身子站起來。紙的摩擦好像蟑螂在笑，他一把將它搶過來踩扁在腳下。她側跪著拉開拉鍊，吸附著下肢的牛仔褲連內褲一齊扯下，她的笑還很天真，下巴在他背墊上悄說：「來點音樂好嗎？」

「來點音樂做什麼？」他戴上了墨鏡。

「不到後面來怎麼做啊！」她瞪了一眼。

「下車，從對面走過來。」

她冷笑一聲，打開車門，用力摔上。

隔著車道正對面是部黑色賓士，她兩手扠腰站在車前面，蓬得像蒙古包的上衣底下，雙腿細瘦楚楚可憐。經過的車放慢速度，後面來的一部更搖下車窗。他打亮大燈，地下室的灰煙濁塵全聚集到面前，他按下雨刷。她邁開步子，他踩油門，立刻刪去兩人之間的距離，她一聲尖叫仰躺在賓士車頭上。

路上一直碰不到往那方向的乘客，只好特地跑一趟，車打門前滑過瞥見比薩斜燈直立在烏黑擁擠的店面，好像立體童書，一枝罩著頭紗的花莖穿過書本。

昨天報紙報導市區有座公園復育螢火蟲成功，現在正是牠們的交配期。他停好車，跟著許多人走，不必問，水池在那裡，黑壓壓的人牆圍著，他掉頭走了。

他抱著比薩斜燈回到租屋處，燈罩打到蛋糕盒蓋，撞出一聲鐘響。紅得發黑的蛋糕盒蓋。小情侶不在家。房間門縫底下有張白紙。

他插上插頭，熄了頂燈，拉平床單，踩亮比薩斜燈。他把那張紙拿到燈下，紙上畫有兩隻松鼠，一隻在測量比薩斜燈的傾斜度，一隻掛在紅色蛋糕盒蓋底下。

他學喬琪從它身邊出發，沿著床沿走一直角，再走回它身邊，眼睛看著黯淡的人影和夜燈的光芒在圓弧形的窗玻璃上分分合合。因為他的走動，它看起來好像載浮於水面上。有個角度仍然是傾斜的。

二〇一〇年十月廿六日

白貓公園

那個晚上他們恨死他了。他們停下腳步，暫忘所有的事，驚喜的凝望著牠，一望就是半個鐘頭。雖然自動保持距離，卻已是最久最近的一次接觸。牠一直對著樹仰高臉，懸著晶黑崇拜的眼珠，一動也不動，多像支伸著脖子思考的白玉花瓶。忽然他碰了一下那棵被過度修剪火速冒出新葉的樹，一隻普通的鳥兒自樹梢火箭炮般的射向天邊；同時，白貓從汽車車頂滑開，瞬間不見蹤影。

他竊喜解開他們心底的謎團掃了他們的雅興，學白貓淡然處之，未有表情。褻玩白蓮而不至犯眾怒的原因是，他們心底潛藏同樣的危機意識，不曾公開亮相的白貓這時候成了一個箭靶。

附近的公園他都考察過了，這座安逸、隨性、流動的公園最適於他。狹長的園區中途被巷弄切斷，外圍繞著像玩具火車的橢圓形軌道，園內不規則的小徑數條，水龍頭三支。雖然晚禱似的半低著頭行走，身旁一幅幅的景物藉由光和風打在他扁平的臉頰。他一一穿透真實的幻象。起始是教堂畫有鴿子的彩色玻璃。週末夜舉辦講座的昏黃咖啡館，其中一場有露肚皮的女舞者。家庭式的客家老麵店。靜坐學會。兩棟不見居民出入的偽豪宅。最後一個段落是一所小學，兩營樹木參差，彷彿園中園。

走到這兒，馬路對面大賣場滿牆的白光，使他乍現撞牆似的動作，掉頭折返。有一次他不留心多走了幾步，因而得到一項新資訊，掛在牆上的塑膠袋是市政府環保局提供的狗糞袋。

外側緊鄰馬路的步道他很少走，沿路一排路邊停車，對面一排舊公寓，再下去是一所教育大學。偶爾走這兒，好像是為了探望兩棵擋在人行道上的大樹，「台灣朴」，樹幹飽滿得像臨盆的孕婦，上頭寄生著繁密的苔癬植物，仰望到底的動作令他天旋地轉，可能是老花眼，頂頭彷彿有一間樹屋。市政府將這兩樹編號，列為保護植物。原來他對市政府如此忠心耿耿，以前從不知道。

這裡離國家最高學府也不遠，附近又蓋了一棟取名最高學府的豪宅，他哪用關心這些，偏偏一個自作聰明的房仲小姐把傳單塞到貧民億萬富翁的傘下。

雨天他用傘挑袋子，大部份時間就只是扭緊那只黑色大垃圾袋，像聖誕老人那樣馱在右肩，看似扛著一顆大粽子。他一路看著自己的影子越來越陌生。

打身旁經過的多數是學生、教職人員，以及散步出來倒垃圾的幸福的居家男女。那些擁吻的學生和中年情侶則是像跳棋跳過數個公園來到這兒。到了週末絡繹不絕的紫衣青壯男女擦身而過，他們的衣服上寫著一個「禪」字。還有一個丟白飛盤給牧羊犬追的矮子男。

廣場的水泥地上一個可能是用立可白畫的大蛋糕，蛋糕上插著「20」的字型蠟燭，這個蛋糕放在地上已經有兩年了，三個年輕祖母隨著音樂踩在上面練功。他右邊擺動大，左側拖拉，一副負氣的模樣，來到水泥地兩條腿就變得像僵枝。他把隨身行囊擱在種有兩棵漂亮鐵樹的花圃，褲袋裡的皂球和牙刷擺在半圓形的水槽邊，俯身向水龍頭磕頭。

「是遊民嗎？」

「半遊民！」

他聽到一個聰明的傢伙這樣回答他的女朋友。

他把水接進褲子裡，兩手不停彈動著褲頭的鬆緊帶，發出在溪澗戲耍般的激盪水聲。路過的人無不側目。漸漸更不雅的脫去上衣。現在的生活課題就是學習自我中心。「智慧，不是知識、不是經驗、不是思辯，而是超越自我中心的態度。」他有個獨身的小姑姑最喜歡拿聖嚴法師這句話來勸解家族糾紛。現在他的身上不知不覺添了一層自由的脂肪。若屆寒冬，和著薄衣淘洗，會洗得更加用力激奮，好像倒掛在水龍頭上的蝙蝠，亟欲撮掉身上的另一隻蝙蝠。

看遊民洗身子，對部份市民而言是精神上的撫慰，另一部份市民則感到不悅，兩者的比例是多少他不得而知，只知道他厭惡前者勝過後者。

公園的另一項景觀——白貓，則完全找不出負面的觀感，牠那聖靈般的魅力，與生俱來。某個夏夜牠坐在涼亭裡的石桌正中央，高巖得好似一頂雪峰、一朵曇花，連那四根石柱撐起來的簡陋亭子都變得殿堂般遙不可及。有幸再見到牠的人立即躡起腳步，初次見面者則會忘情的追著牠跑，白淨靈逸的模樣，在暗夜的樹林中尤為俊美。

公園裡的樹不是很高就是很矮，牠老在低矮的一帶打混，好一溜煙躲進涼亭後面的樹叢，縮定成一朵白菇。冬夜裡則往停靠路邊溫暖的汽車底下鑽。鍥而不捨的眼睛低到腳踝的位置，一四目相望，牠立刻逃奔。抱著孩子追趕的爸媽鑽進校園側門，園中的感應燈乍亮，察覺白貓右下腹有一小塊黑影，癡憨地學著孩童幼稚的口吻，「啊！追錯了，牠不是白貓王子！」

他順著聲音望過去，小學生出入的鐵窄門旁邊，一框半圓形的欄杆裡，可以看見草葉和至少兩隻貓的部份剪影；被他走路方式嚇到的貓，敏捷地向上一躍，也鑽了進去。他將臉貼在冰涼的鋼管欄杆上，牠們傲慢地與他屏氣對望。連他也這麼想，不都是普通的花貓，髒抹布似的。

景深處是繞著操場跑道慢跑或快走的一雙又一雙的球鞋。靠近貓藏身的花圃左後方有座高貴而安逸的升旗台，像一架白色開架式鋼琴，此刻他必定面露喜色，貓才會不約而同地對他發出妖邪的恫嚇聲。

除了沐浴，絕不多停留，他仍循原路穿過公園。高樹下赤裸的泥地上野草潦落，黃葉幾乎覆蓋地面才會被掃進一個像狗屋的堆肥箱。樹根沒有遮掩恣意爬伸。一隻沒有尾巴的鳥，常在這邊踱步，他撿了牠一根白斑似豹紋的羽毛放在褲袋。他想甩開貓變臉的猙獰所帶來的不安。某次舒暢的沐浴後，兩個穿校服的高中生一路尾隨他越過兩個站牌，使得原本就行不由徑的他得更花心思迂迴蛇行，他被女人的熱鍋剷逐出後巷，也被潑過髒水，可喜也可悲的是他的腦子仍然清清楚楚，可以記憶地理位置、家族歷史和國家大事，他每天撿報紙看，毫無失心瘋的跡象。

那次他混進加油站的電動洗車機旁，假裝自己是其中一名智能不足的洗車工。他們很快察覺非我族類並向上司反應，他逃進加油站旁的小公園，入口處的拱門上裝飾著發光的藍色星點，兩旁的花架也一閃一閃的，他以為是聖誕節，一座電塔矗立在那兒，公園內一個人也沒有。他突然像解除了任務，整個人鬆懈下來，這時他看見那個女孩子散步過來，經過他面前卻沒看見他。他們曾近距離談話至少十五分鐘，他都還聞到她的頭髮薰著夜夢裡的茉莉香。在他經營的裱框店，各式材料堵得僅餘進門工作檯一對一的站位，二十年未曾清場，枯樹不斷增生，他纖維化的木臂一揮，將工作檯上的木雜全掃光，老婆養的兩隻吉娃娃驚慌得在桌邊顫抖。那女孩小心翼翼的將拼圖一瓦一瓦的組合起來，邊得意的說：「我第一次就挑戰一千五百片！我問店員說什麼是最難拼的，他就拿這個給我！」一幅實景的大規模櫻花飄落。

他們歡喜而謹慎的討論適合它的質感和顏色的框，像挑選嬰兒床般。「拼圖我老是想到骨牌，怕碰一下就完了！」他小心的觸碰它。「拼圖是死的骨牌！」她說。

沒有留下顧客電話，也沒有預收訂金，五個工作天只「雕磨」這一件「藝術品」，老婆不停削諷，聽那語調幾乎是要拿棍子扁人。櫻花拼圖的女孩一去不返。她幸災樂禍說：「就跟你講，東西越大越容易跑掉！」

半年後他把那幅拼圖掛在進門右邊，即工作檯倚靠的牆壁上方，晨間陽光造訪時仰望它魚鱗般精密編排的表面，一片扣住一片，暗中推擠。他以手背抹去漫出眼眶黏在睫毛上的眼屎，從來沒有痊癒過的結膜炎似乎更嚴重了。

老婆幾度順水推舟向客人推銷那幅拼圖，無奈折磨人的寫實圖象反而不討喜，都說不如放照片。大女兒討著要，不給也就罷了，還要惡咒：「誰知道人是死是活！」

有一天他抽筋醒來，踮著腳踩進店裡，發楞地盯著牆上消失的一大片胭紅。老婆披頭散髮抱了一堆木料鑽出來，突然鬼笑，說：「今天要買樂透，一早就開市，之前那個傻瓜，兩千五還不要，我說我這個手工的框單單材料就不止兩千五！你猜我今天賣幾千，五千！一開門喔！算他識貨，啊！你發什麼神經？」

他抓狂地揮落工作檯上的吉娃娃，抓起木框砸木框。但是老婆手上的東西是朝他身上來的，最後他被打癱在木叢中，他心愛的木材像冰柱似的折斷他的肋骨，刺傷他的喉嚨。她賞了他一巴掌，唾：「還敢哭！」

出院後他不再說話，他們以為他啞了，他克制著不去證實，不想說還是不能說。即便喪失尊嚴，他仍熱愛裱框工作，那就像為靈魂加窗框，帶給人恆遠的喜悅，但他無法繼續這樣生活。鋸木的噪音和噴漆的臭氣屢遭附近居民抗議投訴，多年來他經常獨自在深夜趕工，直到撐不住了，通常是凌晨三、四點，才在店門前的小貨車內躺下，店門不關，燈也不熄，從一個禮拜一兩天到一個禮拜七天。送完孩子上學的老婆接手工作，從助手到獨當一面，她逼著他粗製濫造，以應付永遠裱不完的框，好按照排列順序給予孩子們手機、電腦和車子，終極目標當然是房子。

櫻花拼圖的女孩繞著公園唱歌，似一首英文歌、催眠曲。她頭上紮著布巾，不是腦部手術就是化療，不多久便有一個婦人把她帶走。他跟蹤直到她們進了公寓關上鐵門，他突然有強烈的犯罪衝動，爬電塔或是破壞公廁的鏡子，然而他就只是回到公園哀傷。

「喵！喵！」一個穿白洋裝的女人邊走邊對矮樹貓叫，聲音帶有哭腔。

他們很傻，白貓從來不叫的。說不上來確切的失蹤時間，但都記得上次看見牠站在車上望樹。穿白洋裝的女人不惜開口問他：「有沒有看見那隻白貓？」他裝聾作啞繼續前行，都已經拉開一段距離她才在背後嘶吼：「你背那什麼？」她衝過來搶奪他的垃圾袋，因為用力過猛而跌在地上，突然又奮起雙手壓了他的垃圾袋一把，才心甘情願說：「你要是找得到牠，我可以給你一些錢！」

這天終將來臨，不是老婆的主意就是市政府交通大隊。最近一次老婆看他的眼神帶有陌生的同情心。他一直停靠在裱框店門口的破貨車不見了。像推開魔術箱，人行道邊的路樹完好的站出來，不停地手舞足蹈。他的貨車裡掛著擋陽光用的黑色西裝，那是他當新郎穿的，方向盤上晾的運動褲，有位小姐不像開玩笑的說現在這種古董運動褲至少三千塊起跳，腳踏墊下還有兩張千元鈔。

掉頭是一種反射動作，拖鞋拖得厲害，他試圖矯正，然而他的髖骨像木頭朽掉了。他走回白貓公園，之前沖澡打濕的地面已半乾。夏天一隻腳踩進園子裡了。感謝主，是這樣的季節。

校園上空有夜鶚鳴叫，漣漪狀的迴聲，彷彿透過擴音器。

他不是因為對街這一處最明亮，而是本來就想走到這兒來。這是他最近的轉變，有時會被不明的意識牽著走。

涼亭對面的屋子裡兩個瘦巴巴的小姐在擺設商品，大紅大黃的裝飾品十分好看。剛收掉蔥餅攤子的老婦人把屋子分租給她們，站在一旁盯著。店面右側一個纖細直立的鳥籠放在靠牆的椅子上，白貓無視鳥籠的存在，挺挺地坐在裡面，大家也都假裝沒看見。他用力搖晃那天牠仰望的那棵樹，它的葉子比修剪前更加茂密了。白貓保持靜態，眼眸專注的好像在冥想，或者鑑定著什麼。他心想這是何等功夫，難怪他們喜歡牠。

滑梯邊有個回教婦女看著孩子爬上滑下，也防著他，他見過他們好多次了。好不容易穿過校園的窄門，尚未到升旗台上坐一坐，他立刻掉頭。

老婦人送走新房客，朝對面公園的涼亭叫了兩聲「喵嗚！喵嗚！」

鐵門拉下一半，白貓的臉被遮去。老婦人站在新架設的層板邊，似乎不捨割讓地盤。

他蹲下身，一個不穩，左腳跪了下去。高高在上的白貓無動於衷。遠處有人卸下鐵捲門，扭曲鐵板的聲音一向令他緊張，他一個爬撲，快速出手抓住籠子，拖到鐵捲門下，老婦人才回過神來。

老婦人沒有追過來，她在橫越馬路時被車撞哭了。

他穿過涼亭，躲到滑梯上，發現鳥籠加了鎖，只好掏掉一些東西，將它裝進黑色大垃圾袋。原先放在袋內的蚊帳像袈裟披在身上。

他慢步踱過公園，還故意去踩那些不穩的磚板，刺激心跳，走到教堂前才聽到救護車的喔嗚聲。他揣測白貓至少有五公斤重，救護車是老婦人自己叫的。他走到那棵葉片全往同一個方向長的樹下，公園悶到極點時，不知為什麼那兒總有一絲涼風。

二〇一二年六月廿日

永遠不可能的事

「好甜喔！」

「嗯。」

他倆坐在沙發上前傾著上身同吃茶几上的芒果。

電視新聞連播了兩條離譜的「劈腿」的事。

陳耀漢嗤地一笑。若有若無。似一隻飛蚊絞進風扇。

他起身離開，留下一塊芒果在瑩瑩黃汁的白盤中。這乃他的習慣，留最後一點給別人，華芳又起那塊芒果，送至嘴邊又退回去，端到廚房倒掉。

「要嗎？我幫你約時間。」華芳瞄了洗完澡出來的陳耀漢一眼，繼續讀報上的短篇小說，一邊搧著去年暑假在京都買的紫色京扇子。

「約什麼時間？」陳耀漢一瞥，朝臥房去。

華芳背靠餐椅，後仰著看他的背影。不是迷信，家居不宜長長的走道。那代表牆和陰影。

她開啟餐桌上的吊燈，接著客廳的日光燈，疑似沾到芒果汁那一塊就近燈下，紫花朵間多了小黃花瓣。

他的褲管也淌了兩滴。那聲訕笑無庸置疑，出自他的嘴巴。

她將花背心和白短褲的沾污處攤在水桶上，各噴一下新買的去漬劑，檸檬清香的毒藥。熄了陽台的燈泡，水桶像一塊白石浮在那兒，石上開著一叢叢小花。她探頭出去，月兒正躲上屋簷。鈷藍色的夜空澄澈得像一潭鋼筆水，落單的小白雲。大路的盡頭窩集著星斗。她兩肘擱上欄杆便聽到他在屋內喚：「你在幹嘛？」她做了做眼球運動，闔上眼睛，讓眼瞼接受晚風的按摩。

「你在摸什麼？燈一下開一下關，進書房幹嘛？」

「找一本書。」

「找書不開燈。」

「我知道放哪。」

「哪一本？」

「你不去做偵探實在可惜，靜悄悄，也不開音樂，不是說……」

她差點說出那個地名，「有一個小姐有耳朵過敏症，半點聲音都不行，塞耳塞，還戴毛毛的大耳罩……」她這才正眼看他，袒露的兩個乳頭像一對小眼睛。

「冷氣！」

「嚴重到工作都不能做……」她按下遙控器。冷氣機打起鼾來。

「你剛說要約什麼時間？窗還沒關！」

「洗牙！」

「又半年了？」陳耀漢拾起床上的報紙又放下。「那個牙醫你不是不太喜歡，一年洗一次就好了，寬宏老師從來沒洗過也沒什麼蛀牙！」

「逃避！越久沒洗越痛！」

「洗牙不痛的就頒他諾貝爾！你以前不是都稱讚那個曾醫師！」

「你還記得！那太遙遠了！」她收回看過去的視線。

「我們去坐郵輪，你去啊！」

陳耀漢偕爸媽去搭郵輪，華芳稱學校有事，未去送行，午後開車行經港灣，特意朝那兒張望，海水不藍，停泊的郵輪像一座平庸的歌劇院，自從來到這個港都，尚未駐足看一次大船離港。

照她跟陳耀漢說的，隔天她要回娘家。陳耀漢說怎不他們出發那天，可以多過一夜。她回答得很含糊，「看看，隨興，又不是要去哪裡！」睡前她把買了兩年的一只「三十六小時包」拿出來，塞進篩選後不可或缺的日用品。

似乎等待這樣的早晨很久了，放上一片西洋抒情經典，啃著芭樂和蘋果，預防出遠門必犯的便祕，繼續昨晚未完的副刊小說，現在她也能讀超現實的作品。

穿衣鏡在書房裡。她邊扣鈕扣邊選擇出門的隨身書。大把時間可耗在服裝上面，卻一拿便無可挑剔了，小鹿斑比與森林的印花雪紡洋裝，襯托出她穠纖合度的美人肩和心情。

《休戀逝水》不在老地方，她慌了一下。

真找不著。

不會有別人，必定是小姑，她是婆家唯一看閒書的人，且有幾次先斬後奏的紀錄，也任教職的她最近宣布失戀，準備暑假好好療傷。女人失戀像墮胎一樣傷。但她不能現在打電話過去，萬一接電話的是她公婆，不就戳破陳耀漢的謊言。

她手支在窄窄的窗櫺，臉頰和身體往冰涼的平面倚傾，摔出去的緊繃就像窗外的綠色布匹一割即裂。第一次試著輕哼一條原住民歌謠，最近才知道歌詞寫的是

〈美麗的稻穗〉。車窗上一小塊霧氣迅速縮小。

她取出打點了半個月跑了好幾個地方的一盒零食，珠寶盒似的大格小格，蘋果乾、土鳳梨乾、豆乾丁、夏威夷豆。陳耀漢笑說在上面封層彩紙，就能玩戳戳樂了。她心跳塌了一下。她和胡先生前去探望他老爸的路上曾兩小無猜地玩起這種古早童玩。

她小口嚼著柿餅，拍廣告似的嘴角含笑。斜對角有個戴珍珠耳環的小姐在看著，她不好意思的抿嘴一笑，那小姐下巴往內縮，翻動手上的讀物。始終學不會泰然自若的自個兒在外面吃東西，她些微懊惱。

像蚌殼一樣沒表情的小姐伸手把鬢髮塞到耳後，弄掉了耳環。可能是假珍珠才用夾式，或許是為沒穿耳洞的人特地改造過。閱讀的眼神空空洞洞，忽然賊飄的斜眼又看過來。

一一檢視週遭乘客，她脖頸急遽漲紅。難怪陳耀漢不讓她開車。現在公車站牌公車後窗到處是女人徵信社的廣告，偽裝、猜測、工於心計，女人的強項。

這不可思議的想法可能只是連鎖反應，媽說她裝了竊聽器在電話桌下。

她把臉扭向窗外綠色大地，便回到現實，輕易得像夾回珍珠耳環。激昂的情緒低下去，車速也低下去。

日期、時間都吻合，其實那小姐看來更像剛去參加教師甄試，但表現不佳，懊惱著不該聽從媽的建議穿套裝戴珍珠耳環，但慶幸討價還價後沒戴上成套的珍珠項鍊。當了數年流浪教師，她憑直覺認定車廂內這身浪漫悠哉的花洋裝是個正式老師。她的眼神充滿敵意，而非羨慕。她的未來其實有很多其他的可能，但都不符媽的期望，傳統的媽都希望有個當老師的女兒。

華芳起身，換到距離她最遠，背對她的位置，仍在同一個車廂。無論她的身份是前者抑或後者，華芳都是她追隨的目標，不如讓她以逸待勞。如果她夠聰明，她將可以從背影、無數的小動作了解到，這號人物善良、規矩、做不了壞事；楊笑她，只要和心愛的人在一起就夠了。

華芳討厭自己給人的感覺，是那種從小到大都很乖談一次戀愛就定終身的女老師，任何不倫敗德都沾不上邊。誰猜得到她也曾經出軌、劈腿，且珍藏這段記憶於密室，作為隱形的鎮館之寶。

楊懂這個祕密。可惜，這份友誼和愛情一樣埋葬在她預計迂迴前往的城市。那個城市已被花葬。

克莉絲蒂小說的探案高手瑪波小姐說：「平凡的女孩必定有知心好友。」生長於純樸鄉鎮的她們，分享的都是純愛，這種過份的事只適合對楊吐露。楊喜好文學藝術勝過她這個讀中文系的人。在她痛苦掙扎難以抉擇時楊說，就算不是胡先生，也不會是陳耀漢，那不公平。

她回頭一望戴珍珠耳環的小姐，她闔著眼，耳環拿掉了，戴上耳機。

她有些失落，突然間覺得自己老到可以跟鄰座的陌生人細說過去。

她交過三個男朋友，前面兩個碰巧同姓一個不算普遍的姓。媽媽從她少女時候即耳提面命，千萬別跟姓胡的交往，根據林家的家族歷史，凡與此姓氏結姻緣無一善終。無話可說的巧合。這魔咒、戒律。

大一的寢室聯誼她認識了胡先生，抽籤最公平，籤有它冥冥中的善意與惡意，它把最害羞的男生分配給最害羞的女生，碰巧郎才女貌。她認真寫信，但不好意思太勤，下巴右上揚十五度角，不知不覺常有內心獨白。

室友們愛打趣「你們胡先生……」她在信首寫上「胡先生：」心底滿是愉悅。胡先生最愛說他自童年即懷抱的飛翔夢，她感到自卑，她沒有夢想。

胡先生一年來參加擊劍比賽一次，借機探望她。為了不顯出自己的「大頭症」，她穿著水藍色的蓬蓬長裙來修飾頭重腳輕，現在依然如此，像是有「公主病」的超超齡少女。她亭亭玉立在場邊觀賞全副武裝的白色擊劍選手，神祕的吸引力在他深藏的瞳眸危險而優雅的劍端，劍擊聲令她心跳加速雙頰緋紅。

一架精緻的白色飛機模型擺在宿舍窄小的案頭，媽媽乞的平安符掛在機尾，她從不外出約會，只在宿舍玻璃百葉窗的會客室接見男性訪客，身上穿著媽媽打點的「輕熟女」的有領上衣，扣眼與扣眼間伏貼雙面膠，不允半點走光和遐想。

持續造訪的兩個男生，一個是班上同編系刊的同學，他口中儘聊著其他女同學。另一位是表姑媽的養子，他的路途比胡先生還遙遠，他總用溫柔孤寂的眼神看著她。她陪他在校園漫步，時不時問：「會不會走太遠了啊！」而他總說：「那我們找地方坐下來！」「可是……」她對他的好感始終存在，但始終是其次的好感。

她一畢業即奔向胡先生所在的城市就讀師資班。胡先生攻讀航空太空研究所。初戀像第一次飛翔。畢業後她回到熟悉的愛情萌芽的城市，在邊緣的小鎮初執教鞭，享受抗拒追求、甜蜜的遠距離戀愛。直到有一天話筒裡面，胡先生之外，多了一個「社團學姐」的聲音。這段敘述令楊想起一句名言：「蝴蝶有翩翩飛舞的自由，但不該有錯入蝶網的機會！」

最後一次見面，他將一枝微小的腹劍吹向她，「我不喜歡你出社會以後的樣子，化粧啊，燙頭髮……你變了……」

胡先生以優異成績直升博士班，白色擊劍選手充了氣變成太空人。而她自灼亮的太空歸來。

「這種事怎麼會發生在我身上！」人生順遂的她用多不可思議的語氣嗟嘆。度過失戀卻不如文學作品描述之困難。也許分手前，下一隻蝴蝶的身影已經出現。穿花襯衫，走路有點跩，長得不高，令她想到拿破崙，每個星期的整潔秩序比賽他帶的班級必定名列前茅。麗娜老師說一名家貧病危的父親臨終前將孩子託付給胡老師，他把孩子帶回家，如師如父的撫育著。她喜嘆：「唉呀！真慚愧，有人就只曉得打扮！」「他也很愛打扮啊！」麗娜老師說。

那年爸媽聽到她在電話那頭哭，趕來看她的真命天子，這事在家裡成了禁忌，有一次弟趁她心情好問她，「那個人怎麼樣？」她只講這件好人好事給他聽。

麗娜老師約他倆——「學校的清流」，春假前一晚吃個飯。她悄悄退掉當天下午返鄉的火車票，因而買不到隔天的車票，寂寞了一整天，導致媽媽不斷的刺探。飯後胡先生送她回家，說等她上樓開燈揮個手再走。她踏上螺旋的階梯，淚水直流。聽他的話屋內各處開燈看一看，甚至平時忽視的角落，然後來到陽台。

擔心看起來不漂亮，陽台沒有開燈。她穿珍珠白上衣，蝴蝶結側綁在左肩上，在橫隔的鐵窗裡，像個冷峻的擊劍選手。那晚他穿短袖白襯衫。

落地窗反射著午後的金光，玻璃像一團向外射出的熔膠。車子再往前行，華芳看見雞毛撣子在玻璃上揮舞，持撣子的手。

媽認出車玻璃後面的她，一臉狐疑、不悅。她囑咐弟來接她，但別跟媽說。

她接手撣灰塵，雞毛的柔滑，感染了整條胳臂。塵埃漫揚。媽咂咂嘴，逐灰塵可也要技術。聽說陳耀漢偕爸媽搭郵輪去了，媽就真的生氣了。

「現在不跟緊，以後就知道。」

「你不是說算命的說我不能出海！」

「哼，結婚後什麼都要變通！現在啦！回來幾秒鐘也要跑出去打電話，阿弟！打電話給你爸說你姊回來了！」

「白費力氣，你那個東西可以拔掉了吧！」

她走到院子甩甩雞毛撣子，回來蹲近電話桌，手往底下伸。

媽乾笑一聲，走過來。

弟邊調飲料邊說：「拿掉了啦！那多落伍的型！你要我買一支好一點的手機給你，能拍也能錄。」

晚飯後弟開車載她們到山邊一處露天花園茶坊喝茶，弟反覆撥著電話，媽出聲制止：「不要在那裡抓蚤子了啦！」她拿起電話，呆望遠方，耐性聽著語音信箱操作指示，嗶聲後，圓石小徑引入一只漆黑空殼。

「嗯……啊！」她叫了一聲，看他們驚訝的，笑嘻嘻說：「忘了拿我那盒零食來配茶！」

媽洗完澡上樓來，取笑弟花一個月布置出這張床。她說：「我就問他是不是要結婚了……」，忽然一片沉默。樓下電話響，剛響完，媽的手機響。她靜靜注意著媽的表情。回來未先通知，媽來不及補染頭頂的白髮，白得像一條乾旱的鹽路。法令紋也更深了。媽教她認識法令紋，並說自己因為太執著，這兩條溝出現得太早鑿得太深，像一把鉗子。

媽下樓後，她跟弟討爸的聲音聽。弟誇大的皺眉做鬼臉，「沒抓到什麼！倒是錄到我女朋友說她壞話，不知道她有沒有聽，她沒跟我說……等她睡了再聽，是滿好笑的。」

「當然是聽好玩的！剛差點在他語音信箱裡罵他，你怎麼那麼花啊！」

古典線條的鐵床擺在十公分高的木板平台上，平台並非通舖，床頭那一面接牆，架高的床上床。

「媽沒罵嗎？怎麼看就覺得不穩，孤立又寂寞，洪水快淹上河洲那樣……」

「熄燈看還像在飄浮咧！」弟笑著進浴室。

月兒懸浮在窗外。她取出櫃子裡的桌燈，媽怕灰塵，東西樣樣收。弟洗完澡過來，她指著窗說：「你看！月亮在我這邊！這女孩子是誰？」

弟遞來一盒藥膏要她幫忙塗在背上，並幫他拍照，「我看它是快好了還是更嚴重。」

「你感覺不到嗎？開大燈！」她照辦，又拿起一本小相冊問：「這女孩子是誰？我今天在火車上看見一個小姐跟她好像！」

「是嗎？跟你同一站下車？」

「後來就沒注意了，喔！她就張詠詠？她也看過我的照片，難怪一直偷看我。」

「我來打個電話問看看！」弟轉身回房打電話，聲音壓得好低，不一會換好衣服，「跟媽說去幫你買蜜茶。」

「問她今天是不是戴珍珠耳環，一定要問喔！你會半年去搭兩次郵輪嗎？不過有一次是招待的。」

「看跟誰去！」弟比出噓的手勢走下樓。

「老師在睡覺！」

「老師在頭痛！」

「老師在哭！」

童言童語句型練習般爬滿教室，華芳趴在桌上，小朋友們賣力而開心的在作期末的最後打掃。

「老師在感傷，下學期就不是教我們班了！」

「老師在失戀！」

春假結束後胡老師未再約她。五、六月逢假就下雨。學期結束前才得知胡老師請調。

手機燈號像海上微光，陳耀漢傳來簡訊：「回家還好嗎？媽說想吃你們那裡的菜包！」

電話中楊聊到某日差點被柴玲的家書弄哭。她說：「好難想像！」「因為你沒有鄉愁！」楊說。她知道楊更想說的是她從不接受挑戰，只關心自己。

黑暗中媽一手拿電話，一手張開五爪抵著幽藍的落地窗，僵制的話語突然間迸出一聲嘶吼。她踮腳回房，輕輕推上房門。

練習操作播放竊聽紀錄，熄滅桌燈，媽的聲音發射上來：「芳芳！要不要喝點葡萄酒？」

調校，她沒有冠冕堂皇或無可奈何的理由，室友方老師背地裡聲稱，她是受不了另一個室友吳老師跟校長搞婚外情。

「……啊就我忘記芽芽的生日，就你生日隔天，她在跟我鬧脾氣……你不是滿喜歡吃他們的壽司…………龍眼找的最愛……又開始偏頭痛……早上還噴錯香水，要命……」

胡先生聽從阿姨的建議送她香奈兒5號。她留著那隻香水空瓶，扔了模型飛機。爸沉默，她繼續承受著那個女人的傾訴。她的容貌越來越清晰，一頭挑染的波浪長髮，說話時不斷撥弄，顴骨上兩大塊肝斑，鋪著厚厚一層粉底，幾歲了還動不動說要去流浪。

醫生聽診判讀病情，報載此一動作根本無濟於事。

列隊而來的病蚊鑽著耳朵。

新學校她不喜歡，校樹十之八九是榕樹，老師們更素更保守，唯一穿花襯衫的是兩鬢飄雪的校長，但十分江湖味。她班上有個男孩子上廁所經常弄髒褲子，破壞午餐的食欲，她日漸消瘦，備了口罩和手套，情急之下根本派不上用場。

爸說的話她反而聽不清楚，但那聲音、口吻令她流淚。

她跟楊說不可能成為她男朋友的那個男老師終於有機會，幫忙清理學生的排泄物，他患有過敏性鼻炎。那個學生顯然比較喜歡他，不那麼緊張。

弟坐在她坐的位置，望著那個戴珍珠耳環的小姐，她輕聲啜泣，食指指背抹著鼻孔。

媽邊走邊撢車窗，穿過一節節車廂，雞毛撢子拂過她貼在窗上的髮，她醒來望了一眼，不認得媽的背影，媽留起情婦般的長髮。

「媽！今天可以剪頭髮嗎？」

媽翻著黃曆說：「今天不行！後天可以！」

曾有一回她和媽爭辯迷信，她舉了一個例子，「難道掉下去的飛機載的人全都命不好嗎？」

弟的床上床擺在最後一節車廂，綠葉和沙塵掉落床上，後窗外一隻始終在助跑起飛的風箏。

「在船上做不知道怎樣？」搭郵輪的那個早晨，陳耀漢忘形的說出這話。

陳耀漢變得逗趣，她無端的聯想到他們學校新來的雙胞胎實習女老師。

睡前、起床前、午覺後，學期末性生活自然頻繁起來，像是在趕課，或者慶祝長假到來。尤當六月。陳耀漢曾說，每到六月，她好像特別焦躁。

對她而言，巒歡的性愛帶點懲戒的意味。越有這種想法，身體抵禦的張力越大，加上自覺亦不自覺的將他幻想作他，推波助瀾，激越的潮差可將僵硬的小舫粉身碎骨。

時速不到三十，照著印記在腦中的地圖開進市區，她載著楊迷路兜風，不顧後頭叭聲四起照聊胡先生。楊說沒看過她那麼開心。

假設那時她沒有學會開車，也許就不會發生那種意外。女人學會開車就大膽起來。「劈腿」的那段日子，她特別容易胡思亂想，開車得特別小心，怕萬一出事，兩個人都趕到醫院。那段日子肩膀緊繃，好像被鉗子箝著，睡前得啜點媽釀的葡萄酒才行。

伸手掐息那像殘喘咽喉的小東西，取而代之的是鬧鐘的指針，磁性的分秒逼進。楊說那天晚上雨大到不行！知道我為什麼記得嗎？我們躲在屋簷下攔了多久才搶到一部計程車，那司機用無線電在跟朋友聊天，不知道在 high 什麼，心情好到不要車錢！

她和胡先生重逢那晚下起傾城大雨，夜行車靠著雨刷慢划，鮮少淹水的地方淹出人命，官員挨轟，連續幾天討論水閘門。胡先生強調前一天他特地看氣象報告，「沒說要下雨！」「雨又不認識你，為什麼要先告訴你！」她暗指他不告而別。他未聽出弦外之音。

事情又是從麗娜老師開始，忽然打電話來，說胡老師忽然來聯絡，沒頭沒腦說：「叫林華芳嫁給我！」麗娜老師強調不是開玩笑。

除了楊的奇妙經歷，她的學妹兼同事可麗也在隔天一碰面嘩啦嘩啦地描述昨晚出奇的大雨。她淋成落湯雞，一路滲水跌上公車，眼睛稍能張開，看見後頭一排快樂的外勞，有男有女，用外國語熱情地招呼她坐到後面去，原來將皮膚稍黑的她誤認為同鄉。「這輩子遇過最大最狼狽的一場雨！」可麗笑得合不攏嘴。

她起身把向弟借來的鬧鐘拿回弟房間，跪坐聽它，仍像慌忙的雨刷。月亮行至這頭，窗下一道光輝如靜波。漂浮的床上床。

不多久他即帶她去見他老爸。她抱了一盆粉紫色的蘭花作見面禮。他說他老爸天天打量那盆花，要是給人發現就說：「第一次有小姐送我花！」

他也帶她去他的狗窩。他撫養的學生男孩比他高了，就讀第一志願的明星高中，九月升高二。書桌上擺著亡父的照片和剛收到的生日禮物，一副墨鏡。他故作耳語狀，「他指定的！騷包！」

老爸在電話中告訴他，那花終於全都謝了，花瓣如蝶翼盛聚於一只小碟，尚不捨丟。

「接下來要怎麼辦？」老爸問。

「就照有花的時候那樣照顧！」他說。

「不是這樣啦！」老爸嚷了起來。

他在電話中轉述。

「確實不是這樣！」她說。

難得有兩個星期假日她不必編派謊言，陳耀漢學校有活動。可惜胡先生也是。第二個星期日她查出胡先生學校的地址，一路猶豫卻又堅定地尋來。偌大的校園一眼望見烈日下藍色花襯衫背影，直直朝他走去。那是麻紗的質地，卻看不出上面的印花是何種植物，似風信子的葡萄串花朵，配以玫瑰花葉，可能只是虛構的植物。看見他臉上答以微笑，她轉身離去，像認錯人似的。

診所內部的格局不太一樣了，但變動的是周邊的配置，兩張診療椅仍像固定的滑梯擺在遊樂園的中心位置。

「曾醫師今天一整天都滿了喔！」櫃台裡的小姐仰著臉警告。

「我等等看！」她把健保卡再向前推至檯面邊緣，轉著臉觀察四周，畢竟是小地方，門面整了，內在依舊很家庭式。「老曾醫師呢？」她降低音調把臉向櫃台裡伸。

櫃台裡的小姐聳聳肩。

她先看影劇版，並逐字閱讀副刊上的文章。一份陌生的報紙。微陷的雙人沙發吸捲著她的洋裝，她邊翻報紙邊拉高下滑的領口，聲音聽起來很大動作，不耐煩，像受困的蜻蜓。

一口氣看完一份報紙，就好像吃掉一個五層漢堡，使人頓感飽脹昏眩。終於放下報夾，馬上有隻手伸來，把它自她手上接走，頓時覺得自己縮小許多。少了這葉紙屏風，無從隔離陸續從腳尖經過的求診者，以及身旁呆滯的肉體，很快變成一副牙疼的模樣。

數年前，她不願意去算幾年，就像她和陳耀漢不再提這城市的名字，數年前怎麼會有那麼一個滲著悲傷的寧靜夏日午後，老曾醫師到城裡的大醫院看報告，護士A膽敢要求出去買剛出爐的波蘿麵包，護士B埋口於一個「八卦」電話，總是垂著臉的曾醫師隔著掉在鼻尖下的紗布口罩，悠悠地向一口白牙告解。此刻診療椅邊那個白衣人還是那個曾醫師嗎？她起身一手提包一手按背脊，眨眼盯著他。

洗手間裡有兩面鏡子，她匆匆閃過大鏡子，在小鏡子前面按下保濕噴霧，補口紅，抓了抓頭髮。

櫃台裡的小姐忙起身，拿健保卡指著她。

「我去散散步！」順著手肘頂開的縫隙滑出玻璃門外，回頭朝裡面晃探，時鐘掛在她座位上方，一個銀色大圓圈，不見刻度。她伸手在包裡抓手機望眼對街走廊，是小朋友放學的時間，她熟悉的六月光影和小鎮色澤。

她終於鼓起勇氣向陳耀漢提分手，楊說的最愚鈍傷人的方式——自首。陳耀漢消失了一天一夜，隔天落魄如喪家之犬地出現在辦公室，那時他們為了戀愛更順利他調往另一個學校，不堪同事追問，他哭得像個小娃兒，同事透過各種關係推理調查，幫他找出兇手，即是她以前的同鄉同事夏老師。她聽了笑了出來。接著那個假日他們進戲院看了一部愛情文藝片，陳耀漢的手像水蛭一樣一直搭在她手背上。

彩券行的老闆瞧她仰高著下巴過來搭訕，即使她方才瞥見已有心理準備，眼耳鼻舌身意拉在一條弓上，還是給嚇到心底。

簷下附著一個粗糙的泥編壁籃，奶油狀的東西淋滿籃邊，穿插若干草梗，三隻毛稀的小鳥嗷張粉嘴。鋪在走廊上的報紙積了一層髒亂的鳥屎，完全聯想不到奶油。廊下的商家住戶各有承接鳥屎的方法，也有置之不理，任它像一地踩爛的黃菊白菊。

「那些壞小孩，拿橡皮筋、ＢＢ彈亂射，我那裡準備一枝棍子，來一個就打一個！」彩券行老闆說。

「小孩子就是調皮！」她說。

「小姐，你找人嗎？」

「算是。」

鳥兒看似都一樣，但沒有兩個鳥巢編得一樣，有的被打掉了，餘下泥痕。持續拉緊著喉嚨，眼窩裡有些什麼逆流過來。

逛完附近所有走廊，她穿過馬路與一隻覓食歸來的母鳥擦身而過。回到診所，診療椅上依舊有似小燕噭張大口的患者，藥水味愈加濃烈，一個媽媽買了油炸食物等著被哄騙上診療椅的孩子。

她坐到一張兒童椅上，玩了一下樂高，拿起旁邊三層櫃上的報紙，順勢看了一眼對面沙發上露著兩條毛腿的男人，好嚴峻銳利的眼！是那個人！曾給她寫過情書，送過自己編輯的情歌，邀她做他的攝影模特兒。他在附近的國中教體育，週遭凡是長髮飄逸的女老師都逃不過他的鷹眼，剛剛她推門進來他的眼立刻浮出報端。聽說他只用一週追求一個人，像百貨公司辦活動似的以她的名字作那一週的名字，例如華芳週。

她忍不住對著報紙笑。

她到櫃台詢問可否讓她剪下昨天報紙上的一張圖片。櫃台小姐聳聳肩，說要問曾醫師，待她轉身又在背後喃喃：「他好像也有在剪報！」

常見掛在機場或旅店櫃台的銀框白底大圓鐘，時間在裡面彷彿特別嚴厲精準。

她要回健保卡，步出診所，邊走邊讀了兩則垃圾簡訊，其中一則是酒店「美眉」傳來的。櫃台小姐跑出來說：「曾醫師說輪到你了！」

「我們是不是認識？」「週」先生站在櫃台前面，友善的對重回診所的她微笑。

她搖頭。

「你是老師嗎？」

她搖頭。

「曾醫師是個好醫生。」

她點頭。

出門後她的三十六小時包第一次離開身邊，擱在離腳尖不遠的不銹鋼架上。不看曾醫師的臉，十指相扣像女高音將手擱在肚子上。

嚴格說來，他們只見過一次面。一個好天氣兩人同站在月台上等南下的火車，無意間對望，反射動作互擠了一下下巴，然後分頭去想這人是誰。幾天後她刷牙時忽然想起那張長期包覆紗布口罩的蒼白面孔，不明確的表情，帶有石膏像的哀漠。

健保給付半年一次洗牙，六月底洗完放暑假，十二月底洗完過聖誕，先苦後樂。

痛苦的開始是完成的一半。洗牙從最瘦軟的下排中間開始，據說這兒口水多，易結石。

曾醫師說後悔讀牙科，工作範圍太小，只在一口牙裡打轉，較傷殘人士從事刻印更侷促。更悔與父親同行，俯拾皆是父親。

瀕臨離別的煎熬日子，不忘洗牙的時間到了，受點皮肉苦當作身心平衡。

媽釀製葡萄酒原為北部工作的她禦寒，半個六月就啜掉了一瓶，不喝不能睡。終至某夜酒後對著話筒哭訴，「我喜歡別人……」

次日爸媽搭特快車趕來，她帶著他們，一人拎一個旅行袋，縱列在街道上尋覓落腳處，爸大步走到她身畔，小聲說：「你怎麼那麼花？」

旅店的房間窄小蒼白宛如病房，窗戶可以望見她教書的學校和租住的公寓，以及飛鳥，她將臉貼在窗上，感覺玻璃的厚度。氣氛低迷到極點。爸燃起一根菸。菸味讓人覺得舒服。媽低頭坐於床沿，似笑地說：「陳耀漢人那麼好！是說也要你喜歡啦……」

當晚她帶爸媽去胡先生的地盤和他碰面，路上她暗暗祈求胡先生別穿花襯衫。胡先生不解何以飯吃得那麼低落，她說此行主要是來探病。

爸媽回去後，她推累拒絕兩人的約會，仍和胡先生通電話道晚安。再見胡先生那晚，她停好車，繞公園走，遠遠看見陳耀漢在門口踱步，社區感應式照明燈忽明忽滅。陳耀漢看進她的手提袋淡淡說：「他送你巧克力！」

一個沒有計劃的星期天曾醫師早起，搭火車南下，兩小時車程，在中部大城下車，經由一位美麗而專業的售屋小姐介紹，他看中一戶接近完工的預售屋，窗外是一座豎琴狀的新建公園，他隨即找提款機提領十萬塊作訂金。

三個月後他在窗邊向美麗的售屋小姐求婚，並在某個早晨診所開門前秉告父親這兩件事。那天父親拔錯了病人的牙，像倒嗓的男高音那樣老淚縱橫。婚後顧及父親和診所的需要他進修植牙的技術，暫時兩地往返，出走如虹彩在注視下漸漸消失。兩年後妻子提議離婚，他委託美麗而專業的售屋小姐賣掉房子，與妻平分賣屋所得。

聽完曾醫師的故事，她一度想開口說說自己行將流失的愛情。

洗牙機走到牙床後面的臼齒，神經才得以放鬆。她想曾醫師還會認得他做的牙橋嗎？她也不敢說自己認得他洗牙的手勢。

從最敏感的門牙出發，回到最敏感的門牙。曾醫師默默補了一個小洞，照理這得再掛一次號。他拿著器具照射填補的樹脂，這幾秒鐘全然靜止，無聲無動作。她偷偷睜開眼睛，臉上一隻泛著紫光的大手，正在執行命運般重大的任務。

「失眠嗎？牙齦有點腫，左上一個小洞已經補起來了，刷牙不要太久太用力，琺瑯質會刷掉……」

「一邊看電視一邊刷……」她坐起來漱口背對他說。

「右手拿牙刷，刷最久的就是左邊上面剛補的那隻……」曾醫師若有若無的笑了。

公職人員調進首善之都很難調出去卻很容易。她以小車塞滿東西為由，堅持單獨前往陳耀漢生長的城市，車上聽約翰藍儂。大雨的重逢夜胡先生車上播放Imagine。

楊說：「我不明白，我最討厭不告而別！」

車上高速公路，猛然想起冰箱裡胡先生送的巧克力，抓著方向盤的手在顫抖，她安慰自己可以請室友黃老師幫忙寄過來。黃老師，幾乎三個星期就有一次聯誼活動，開始考慮和陳耀漢交往時她跟她去過兩次，「長見識！」用黃老師的話說。聯誼的對象全是審核過身份的未婚醫師、律師、會計師之類的。女仕圍內圈，男仕圍外圈，音樂停腳步也停，連連看誰對誰，兩人帶到場邊燭光顫動的小圓桌聊十五分鐘，如此重複數回。黃老師的腳很大，偏偏愛穿白鞋。黃老師的額頭太高卻堅持不要瀏海，總說又不是妾髮初覆額。

上車坐定位就一直閉著眼睛。「滴！滴！」陳耀漢的簡訊鈴響喚起她。

妳到哪裡了？

晚餐要我買回去嗎？炸蝦壽司兩份？

她揚起臉穿過幾座厚實的肩膀，看見一個戴珍珠耳環的小姐笑瞇瞇坐在那裡玩手機，她一直望著，沿著鼻樑的淚腺熱了起來。她把臉仰高，像看著簷下的鳥巢。櫃台的小姐拿著一把剪刀，「小姐，你要剪什麼，你剪！」

哥倫比亞藝術家巴羅斯（Rafael Gomez Barros）的作品《螞蟻》，大大小小的假螞蟻爬滿了哥倫比亞波哥大的國會建築。巴羅斯說，這些在國會上漫步的螞蟻，象徵著人民被國家持續的武裝衝突驅趕離開自己的家園。（路透社）

銹色的紅螞蟻和黑螞蟻蔓延在龜裂斑駁的巨型建築物，畫面右邊一尊青銅色的偉人塑像，鴿子停在它頭頂、肩膀、腳邊、腳下的紀念碑，一隻飛行的鴿兩翼灰白模糊成飛帕，肩上那隻鴿子彷彿是雕塑的一部份。

她把它剪下，夾在帶出來的那本書裡。

二〇一一七月七日

賣睡衣的女人

1

他踩著階梯下樓，腦子裡開始展開衛星定位。

「這我們房客呂先生啦！」

迎面上來兩名老婦，一個是他的房東陳太太，他聽見她又在跟人家說同一番話。

「他也是做警察的，我這裡治安要不好也很難！」

兩旁商家的照明在馬路上空晃成一個巨蛋般的橢圓，城街洋溢著歡樂的氣氛，儘管街上的人們他視若無睹。

狀況處理順利，未遇上狗找碴或拔不出腳等棘手的事情，清晨時分工作只剩下看守屍體和等待檢察官。地處偏遠，檢察官來不來還是個問題。探照燈熄滅後，氣氛冷峻，現場看來像幅版畫。他兩腿盤著，兩個手肘支在膝蓋上，兩個拳頭頂住耳朵，哺乳動物的肢體都是這麼成雙成對的，這他太了解了。

他用這樣的姿勢漂浮在幻生的水床上，旁邊另一個他四肢伸張一絲不掛。

同事C的腳步聲，皮鞋撥土聲。他記起今晚是七夕。下午老婆打電話跟他說了一個百貨公司、女人與七夕的笑話。今天百貨公司請來師傅在門口彩繪蛋糕，排列等候的小姐支支吾吾告訴師傅，她想在蛋糕上面寫：「愛我！」此時與彼時，此事與彼事，似乎隔著無數個時區。

遠處傳來狗吠聲，他敏捷地抬起頭來，卻打著呵欠。不為什麼天空藍得這麼美，極目所望，有一間民宅亮起燈光，有人從睡夢中醒過來了，他們不知道發生什麼事，他們邊吃早餐邊回想，或分享或聽取自己和別人的夢。

他燃起一根菸。他也不曉得發生了什麼事。他搖搖頭，婉拒C來顆檳榔的建議。C連投了兩顆檳榔進嘴巴。他又不經意瞧瞧夾菸的食指和中指隔壁無名指上的金戒指，抖掉菸灰，看著菸頭燒紅的菸絲。

路燈熄滅了。遠處有個穿淺色服裝的人輕飄飄走過，做晨操的老人家。他低頭檢視身上的衣褲，看不出有任何髒污。天空是一種極地的淺藍。他飛快的看了一眼，她擺在那邊，覆蓋一塊藍色的雨布。他車上備有藍綠兩色雨布。他和她約相距五公尺。

他把煙蒂丟在軌道上，拍拍屁股站起來。晨露沁涼，身上的濕氣就好像燙衣服前噴了水那般。鏽色的鐵軌，枕木間的石子已落了灰塵。他沿著軌道走，看到標示公里數的木樁。繼續前行，回頭看丟棄的菸頭成了一個白點。

未有新發現，她就只有這一些了。撞擊點到屍塊最後落點約一百公尺，這就是她的起點與終點。拍攝她殘缺零落的生命耗費掉不少底片。

這仍然是個美好的早晨，好端端的，一切等著按部就班來。

「還早，要跟地檢署掛號也還要等到九點。」他說。

C鎖著眉頭，點點頭，維持雙手抱胸的姿態，幾個小時以來一直避免往她所在的地方看，離開前匆匆一瞥，緩緩沿著鐵道走，朝太陽升起的方向走到人縮得很小，才扭頭啐了一口檳榔汁。

剩下他倆獨處。他鬆開鞋帶，重新綁上蝴蝶結。

2

她踩著階梯下樓，頭上盤旋著金屬的腳步聲。

昨天她注意到住樓下的女人的鞋跟，高她一倍，只一半粗，五分鐘後才蹬到車站。樓下的鬧鐘比她的早半個鐘頭響，竹蜻蜓似的聲波扶搖直上。她瞟了樓下的女人一眼，原來忙著糊大花臉，早熟，無知，大約二十二，永遠不願，也沒本事離開繁華都市。

「么么叫你夢斯美！」

她挺怕濃粧的女人開口那一瞬間。

她從不糾正，那是她的櫃名，「善玫」叫起來太洩氣了。

公寓五樓和頂樓加蓋，同一個房東，同業間相互介紹，十多年來始終各住著一對男女，男房客全是警員，女房客幾乎都是專櫃小姐。高不成低不就，還算體面的兩個職業。

「你老公也在附近嗎？」樓下的女人邊戴手套邊朝對街揮手。

「他在鐵路警察局做刑事偵察員。」

「不是警察嗎？」

「偵察員要再考試。」

「輕鬆嗎？」

「應該吧！」

「薪水多多少？」

「剛開始多一千多塊！」

「算了，一千多塊！」

「他就討厭穿制服，不用穿制服就值得了！」

白衣紫裙，紫衣白裙，穿著制服的兩人，同時把紫色陽傘壓低，不再有話。

列隊上車時，樓下的女人在善玫背後噴香，嗡嗡說著：「你可以來樓下找我，我們的防曬粉底超好用，就一樓有熱帶魚櫥窗那個專櫃，真的魚喔！你在樓上賣什麼？」

「睡衣！」

「那不是很無聊！」樓下的女人笑了出來，把臉往前伸，露出虎牙上的水晶貼飾，忽然湊近像要吻她耳朵，「我沒辦法，我都裸睡！」

末了兩字輕如呵氣，弄得她發癢，伸手梳了一下頭髮，手上一抹紫色唇膏，腦子出現一條光溜溜的茄子。

3

專櫃小姐剛做完晨操，兩手輕垂婉約如日本女人立在自家櫃位門口，眼眸盯著緩緩上升的第一組客人，齊聲喊：「歡迎光臨！」

她四肢平直，他們扛衝浪板似的扛著她。正值奧運季節，平常對運動毫無興趣的女人也誇耀自己看了幾個比賽有多精彩，她們注視赤裸的模特兒，巴望她揚起手腳，踢舞水上芭蕾。

善玫忙於打理櫃位，轉身人不見了，匆忙追上去問：「你們要把她帶去哪裡？」

「回收場處理掉啊！這老模！」男人的手不耐的從模特兒腰間鬆開。

「拿去夜市站崗，放水流也可以！」另一個賊頭的矮個兒嘻笑說。

善玫假裝沒聽到，說：「好好的，先留著！」

被淘汰的老模長得像黛安娜王妃，善玫這才細細端詳，膚色泛黃，說不出的疲憊。

新模肌膚滑亮，為她更衣時折下來的手臂握都握不住。模特兒皆是白種人，新來的這尊且像個變性人，臉窄而長，刮鬍刀廣告裡完美的石膏像型男。

善玫為她套上月牙白的晨褸，順了順胸前衣褶。

4

一縷災後海灘的腥風逸入香草花園。

介乎快遞與浪人打扮的邋遢男子斜靠在手扶梯上。

善玫報帳回來，與男子迎面相望，心底嘀咕，什麼人賣什麼東西！

「你的嗎？」男子問。

「喔！不好意思！我沒吃，直走，多麗她們叫的！」善玫和顏悅色，回到櫃位，與斜對面B嫂商議著打包隔壁飯店廣東茶樓的醉雞和芋頭酥。

善玫不吃臭豆腐她們都知道，說是她的睡衣質地軟顏色淡，吸染異味久久不散。又說小時候隔著虹橋，最盼望的莫過賣臭豆腐的老伯推車過來。老中青三代櫃姊聽了都哈哈大笑。

啃著醉雞善玫記起晚上的喜宴，急忙抹嘴，吩咐傘帽臨時櫃的芳子幫忙看顧，匆匆跳上不斷遞送出來的踏板。

芳子站在梯口俯問：「現在不是鬼月嗎？」

善玫跑錯了樓層，這裡專賣少淑女裝，她人生中漏失的一層，看得津津有味，像來到可愛動物區。買衣是計劃中的事，不全為喜宴，某個假日早晨丈夫告訴她，似乎很久沒看到她穿制服和睡衣以外的新衣裳了。

再下一層還是錯，手扶梯居高臨下，天光加水銀燈，一片白耀耀浮晃晃，滿布鋁箔灰孔雀藍葡萄紫的容器，售貨小姐個個超凡絕塵，把專櫃妝點得像太空補給站。她遠遠看見一方水藍，手機響了，螢幕顯示「百合」來電，接起電話卻聽到百合在跟別人說話。

她了解百合的行徑，客人剛走即按下電話按鍵，誰料客人回頭問東問西。衣架碰撞衣桿像耳墜叮叮響，百合正快速將翻攪過的門面還原。

百合疾走至邊界，側身以手肘頂開安全門，善玫也熟悉這條路線，也常置身同樣的場景，灰色鐵門後烏煙瀰漫，像一間沒有銀幕的戲院。蹲踞在階梯上的女人起身離去，把孤獨的空間讓給她。百合咳了兩聲，那女人丟棄的菸蒂尚未熄滅。

「中醫執照考到了沒？」善玫繞過半個樓層，停在藍色牆面下，黃藍條紋的兩條魚在扁平的水牆中上下飄浮。

「嗯，什麼？喔拜託！」一張假面伸在她肩頸間嚇她一跳，是住樓下的化妝品小姐。善玫擺擺手在化粧台邊的高腳椅坐下，抓來一張廣告傳單，寫下「幫我選口紅！」

化粧品小姐把她的左手拉過去，分別用三條唇膏在手背上畫了三下。她指著中間一抹桃紅，從零錢包裡掏出信用卡。

「他真的豁出去了！」化粧品小姐拿唇膏在她嘴巴前面比劃。她點點頭。唇筆描繪唇形覆蓋唇彩封上唇蜜。化妝品小姐調整鏡子。

「我就說嘛！」她對鏡子笑著說。

5

喜冊上有個名字被塗得焦黑，看起來挺不祥的，善玫犯了同樣的錯誤，回頭發現那個被筆墨捆繞的名字是「曾盟」。

她們代表遠方的父親出席，卻簽上自己的名字。

曾盟一襲黑紗透視洋裝，臉上架黑框眼鏡，腳踩黑緞厚底人字拖，好像在隔壁用餐的年輕小姐晃過來觀摩結婚照，從手部的動作即可感覺那照片不是她喜歡的類型。她轉移目標打量一叢做成心型蛋糕的紫玫瑰，大批客人湧入時，迅速自花心抽出一枝，那力道猶如拔箭。

善玫上前攔住準備離去的曾盟，呂建築正從電梯走出來。

她們把玫瑰花插在礦泉水瓶裡，安置在婚紗看板下方。

燈光忽暗，手持燭火的女侍列隊繞場，經過面前時，呂建築笑了出來，善玫暗掐他手肘。下午她打電話叫他幫忙送一套衣服到百貨公司，他說沒空，現在好了，這群女侍也穿白衣紫裙。

善玫用他倆可聽到的音量說：「早知道就回家睡覺！」

曾盟挪了一下杯盤，以示回應。

善玫在呂建築耳邊簡報下午和百合的通話內容。「不是跟你說那女的是他的青梅竹馬！聽朋友說他會中醫來請教他紅斑性狼瘡，第一次來百合也在啊，說長得比黃連還苦……」她抬起臉，看燭火團在台下站成一排。「問他中醫執照考到了沒，說考得到才有鬼！騙騙女人行啦！之前翔翔生病發燒還不准她帶去看西醫，逼他吃他開的藥……」

燈光乍亮，新人進場，對面一位單獨赴宴的男子輪流偷瞟他們三人。

「呂先生好像是警察嘛？」曾盟轉臉問善玫。

「他在鐵路警察局做刑事偵察員。」

「做些什麼？」

「前天……」呂建築放下筷子，「做一些你作夢也想不到的事！」

「吃啦！不哩要哩說哩那哩些哩！誰哩會哩相哩信哩！」

「什麼啊？」曾盟看見對面男子詫異的表情。

「百貨公司的行話，當面罵客人用的。」

「鐵路警察局，可以常坐火車兜風嗎？不是啦！辦案！小時候我們都沒看過火車，跟大人去文化中心參觀那個用船運過去展覽的火車頭。」

「有啊，就只有一個火車頭，圍一堆人在看！」

呂建築插嘴：「那次我們從南部坐火車上來，我在問你，有沒有去看火車頭，你怎麼說沒有？」

「有嗎？你專挑我愛睏的時候問！我們安安有一次問，為什麼我們這裡沒有鐵軌，那火車就不來了……」

「跟我小時候想的一樣，是因為沒有火車才沒有鐵軌，還是沒有鐵軌所以沒有火車！」

左邊飛燕撞來，右邊香風拂去，善玫坐中間陶陶然，感覺像是乒乓球桌上的分界網，乃靠在呂建築肩頭上低語，「等一下叫她去我們那裡?!」

「邀得真是時候，今天沒化粧、沒戴隱形眼鏡，出門前才洗澡！」

曾盟說她想起一個老兵國文老師出過的一道謎題，「肥水不落外人田，猜桃花源裡四個字！」答案是「便邀還家」。善玫不懂意思，呂建築解釋：「肥水就是便……」「什麼便？」呂建築要她讀他的唇。善玫問：「什麼大便？」

年輕的胖媽媽在接待桌上替孩子換尿布。曾盟手機掩耳在花架前徘徊，不發一語。呂建築出來接電話順便吸菸。曾盟蹲下去，從展示結婚照的腳架下面拿起倒地的水瓶和玫瑰花，回頭對呂建築說：「跟我說啦！是什麼事？」

6

「終於……爬上桃花源了！」善玫甩掉高跟鞋，解著身上的扣子勾子，「衣櫃睡衣自己挑……看是要長的短的褲子裙子……」

呂建築出聲制止，她已扒開衣裙。

一張雙人床和一個大衣櫃分霸兩方。

曾盟推開衣櫃哇了一聲，兩盞燈眼應聲亮起，像隻貓頭鷹隱身衣桿後面。

浴室內善玫在嚷嚷。

呂建築傳話：「說有一件青蘋果綠的，下襬像燈籠褲，叫你穿穿看！有嗎？我也是第一次看到衣櫃這麼長的，還打燈，以前住這的女人很講究穿。」

曾盟說：「我想到的是，穿過縣境長長的隧道，便是雪國。」

呂建築說：「雪國？隧道？我看是像夜店！雪后！」

紅色平安符掛在衣桿上。

光線溫吞，豐腴和單薄的衣肩整齊排列。外出的全是深色調，輕淺的是睡衣，一邊枝葉一邊粉蝶，中間隔著一件全新的漆皮桃紅大衣，肩上閃著膠彩光膜。

善玫盯著曾盟身上鵝黃的睡袍。

呂建築搖頭笑她，聊沒兩句就被睡神撂倒，聊沒兩句且重複了喜宴上的話題——叫媽媽來這裡植牙，媽媽偏要去南部；從五月就叫婆婆暑假帶安安來，怎麼都叫不動。

「我媽怕來這裡得穿睡衣睡褲，她說一穿就四肢無力，好像被軟禁。」呂建築說。

「鄉下人就是鄉下人！」善玫翻身把抱枕緊摟在懷裡。

「你不是睡了？」

「才沒有！」

「我說我放假回去帶，或她，她偏要兩個人一起。」呂建築說。

「你不敢一個人坐飛機，還是不敢一個人睡？」

善玫沒有回答曾盟的問題。

「醉了？」

「沒有，她酒量好得很，差不多每天都這麼睏，總比失眠好，失眠很痛苦。」

「失眠超痛苦。」

「還不算很睏，七分睏……好高興……第一次有人來，又是一個認識我的人……真的愛睏我站著都能睡……」

語絲嫋嫋，斷斷續續。人之將睡，其言也善，他們悉心傾聽，等她無言超過五分鐘呂建築起身熄滅頂燈。

頂樓加蓋無隔間的房屋，收束在床頭燈的光傘下，無邊的幽黯。側睡的女人，乳白色睡袍，像一座積雪的山脈。

「不蓋被？」

「不用，百貨公司很冷。她穿的是春天的睡衣！」

鐵路警察局的冷氣長年定在攝氏21度，夏季也有瓦斯中毒的新聞事件，擔心客死異鄉的妻子偷偷留了一道窗縫，屋裡顯得很熱，呂建築打地鋪行之有年。樓下的人總是吹很冷的冷氣，他說。妻子拿給他大喜之日別鈔票的韓國毛毯，涼軟的毛海扎著後背。最近換成一件百貨公司週年慶贈送的涼被，哆啦A夢雨林探險的圖案藍藍綠綠的，像一塊海埔新生地、一叢窩邊草。

靠燈的牆上有掌擊蚊子的痕跡。燈罩剝落下來的塑膠膜被風扇吹得一閃一閃，像兩尾透明的銀魚。曾盟趴在床上，匍匐著把臉伸到床頭燈下。

「故意不撕掉的？」

「嗯，之前有三條，她撕掉一條，我叫她不要撕，你不覺得這聲音很好聽，像水聲，魚釣上來的拍翅聲，哪，放假就是釣魚，買了那個小冰箱，但是河魚她不吃，都送給房東太太！」

曾盟滑下床，兩膝縮在胸前，燈下繼續玩手機。

「你們的床特別高。」

「兩個床墊，上面那個是我們買的。」

「是應該買，有人在旅館殺人，把血的床墊翻面，還有好幾個人投宿在上面……」

「她就怕這種……連那個釣魚的小冰箱也怕……她要那種亮亮的看起來乾乾淨淨的才有安全感……」

兩人不約而同望向躺臥床上的女人。睡姿似乎沒變，只是更為鬆軟，像掉在高原上的一朵雲。

曾盟下巴擱在床岸，祈禱狀的跪在床邊。

呂建築說她嗜睡，但鮮少一覺到天明，夜半總會醒來，他肯定跟著醒。沒穿高跟鞋反而走不穩，也可能是不自覺踮起腳趾，趴搭趴搭，走得歪歪扭扭，腳瘦了吧，百貨公司不給她們椅子坐。聽到沖水聲，他鬆了一口氣。但她多半不是起來上廁所，而只是徘徊，他不覺得自己睜開眼睛卻看見幽白身影。他媽媽也看過。

「啊……起雞皮疙瘩了！」曾盟拉起衣袖把手肘弓向他，肘灣豐腴的兩岸有一顆顆小凸起。他臉湊近感覺到自己的呼吸，以及熬夜而冒出來的鬍渣超乎想像的長。白袖子像浪花漫到他唇邊。他回過神繼續在腳邊的矮凳上泡茶。她傳簡訊。

「可能是觀世音菩薩，聖母瑪麗亞！」

「對！都穿白睡袍！」

「我跟她說，她說她小時候夢遊過，跑到一隻大皮鞋上撒尿，真的還是開玩笑？」

「不知道。她小時候愛往外跑，招了摩托車就跨上去，坐著在村裡繞，有一次不小心被煙管燙傷腳，自己用香腳裹棉花療傷，一個多月還好不了，一個疤像眼球那麼大。還有一次更經典，那天放假，下毛毛雨，跑去學校盪鞦韆，海邊的東西壞得特別快，突然整座鞦韆倒下來，盪毀的鞦韆像美夢爆掉一樣，鞦韆生鏽，還被抓去打針。」

「有幾次我正在作夢。那真像葡萄給踩到一樣。咽喉一腳，拇指幾乎叉上眼珠子。就是多事，看她起來做什麼，把我這張魔毯挪到床尾，她習慣從床尾下床。手電筒也是百貨公司的贈品，放枕頭這邊，她起來夢遊，我就用這個照她。」

呂建築把發光的手電筒對著牆壁，又舉向天花板。

曾盟仰臉，搶手電筒來照，米白的天花板上浮現淡青的貼紙海星。

「安安來一個晚上就貼一隻。」

「十七個晚上！我不喜歡這種東西，以前我們幫教授找過貼過，給他寶貝女兒，啊！」曾盟嬌顫無力的叫了聲，女性情慾的喉音，嚇他一跳。她腳麻，爬著去熄床頭燈。

呂建築再度捻亮手電筒，香軟棉布揢過耳鬢，曾盟起身模擬恍神夜遊。

光箭穿過她的身體，黑影貼在牆壁上。

她張開雙臂，著寬鬆睡袍的影子，像天真歡愉的大天使，移動的森林小屋。取下倒掛在牆上的玫瑰，花影栩栩，她給了它一吻。

「下次安安來，玩這個，他一定喜歡。」呂建築說。

7

濁熱的噪音如黃蜂過境。

天頂一片瘀青，呂建築仰頭，曾盟也仰頭，旋頸四望。無星月是預料中的事。一列厚黑衣物晾在天台中央，呂建築走過去推了推它，點燃香菸。

曾盟盤腿坐下。

「說鐵路的事給我聽？」

呂建築用指甲彈得衣桿噹噹響。

「我知道你會告訴我。」曾盟又說。

「這次是一個穿睡衣的女人。一塊一塊找到，拼出來。」呂建築的聲音啞到不行。

「夢遊？」

「不知道。夢遊倒好……」

「臥軌？」

「手被輾過。一個被輾過的戒指可以變成二十公分的長條，黃金的延展性很好。有人管收拾那樣的事情叫作『施工』，道路施工。她鼻子好靈，像獵犬一樣，悲傷的事不可能有好味道。我找一間自助洗衣店，專門洗施工穿的衣服。後來我愛上了洗衣店，在裡面就好像上太空艙一樣，沒有施工，一般的衣服也丟進去洗，她也落得輕鬆。冬天溫暖在那裡還認識了幾個老人和遊民。看報紙、抽菸、吃吃喝喝。他們以為我死了老婆。她也不喜歡洗衣店的味道。她用一個小洗衣機，說法國進口的，專門洗內睡衣。改天回去那裡想來開一間自助洗衣店。」

「永遠沒法想像，整個城市壓下來。你就是那個收拾殘局的人，在我對面。我應該替他們親一下你的手。我每次都用咖啡館的火柴來排鐵軌。」

呂建築蹲下，一蓬白煙跟著降下。他低拋一個東西過來。

她看是火柴盒，笑了一聲。

「突然想看《安娜．卡列妮娜》，死心塌地，史上最有名的臥軌的女人。天亮就去買。」

「安娜？」

「《安娜．卡列妮娜》！有人說那裡面有一個稱得上完美的男人。我在書店翻過，直接翻到後面找那一幕，怎麼形容的……」

「她醒了！」呂建築說。

曾盟回頭手撫著心口。

穿白衣的女人站在窗邊。

曾盟回到屋裡，與她一同站在窗邊，看天台上的呂建築和曬衣桿彷彿魔術師和道具箱，兩人同時打起呵欠。

「好厚的窗簾！」曾盟摸著那麂皮似的布料。

「我說頂樓要用最厚最不透光的布。師傅早就警告過，窗戶大，窗簾會拉不動。真的，要兩手一起，像拉風帆那麼吃力，肋骨都會動。」善玫彷彿還在連接被睡眠阻斷的一些事。

「這不像窗簾布。」

他也望著她們。

「他說這塊布密不透光，拿到沙漠做帳篷也不怕，人家一走，呂建築還說，幹嘛告訴人家我們的工作需要輪班睡白天。我剛做夢，一定是前天看到咖啡店門口的咖啡渣才夢到的。一座咖啡色的小山，很像我們小時候玩的，堆一堆土來埋橡皮圈，每個人輪流拿樹枝往裡面挑，看誰挑到的橡皮圈多。後來又看到一大塊，好像奶油蛋糕，其實是這床角，呂建築坐在旁邊跟一個女的聊天。一直想把床裙加長到拖地。他跟你說那些恐怖的事了，你臉色發白。他有病了，我看到他撕了一張報紙回來，寫一個女孩子走在鐵軌上……」善玫拍著腦袋走回床上。

塑膠膜像兩條腿，踢打著水面。曾盟跪著，把火柴倒在床頭櫃上，排成一條軌道，床頭燈調至熄滅邊界，爬上床，和善玫並排躺著。

「天快亮了。」

「我不想聽也不能聽。懷孕那時迷海鮮披薩，一次吃一大個，他送一顆鑽戒作懷孕禮物，我說奇怪怎麼學人家都市人買鑽，他說他知道黃金我都拿去當婆婆媽媽的生日禮、母親節禮。還說鑽石有鑽石的魅力，碎了就碎了。竟然說那些金戒子被輾過的事給我聽！披薩青椒的味道最跳，一下子像青蛙蹦出來！」她笑了笑，又說：「太刺鼻，他邊收拾也邊吐。兩個拚命笑拚命吐，何止這樣，我還大哭！長官誇獎他，膽量夠，沒哭過吐過，他說他在做功德，吹海風長大的人比較勇敢。哼，勇敢！我……」

呂建築默默進來，靜靜在床尾躺下。

「有點冷，舒服多了，唉！別人的悲慘可以安慰自己小小的不幸。」

「我媽說的，扶別人的棺材，哭自己的眼淚。」

「哈！自己的眼淚？七夕那天接到一個情人節禮物，一個署名tear眼淚的人寄兩張相片給我。是我跟那人走在一起的照片，一張之前，一張之後，沒有拍到之後我手上多了一條Tiffany。其實不是提前過情人節，是我生日。我們在飯店頂樓用餐，在樓下房間約會，之前都是在我那兒，我要快點搬家。那天新穿一件可以從背後拉開蝴蝶結的上衣，藍綠兩色都好看，最後選他支持的政黨顏色，想折扣再去買另一個顏色。」

「誰寄的？」善玫清醒起來。

「有三種可能。老婆、暗戀我的出版社男同事，或者前男友。後面兩個是我希望的。從他的反應也知道，是他那個作家老婆。他從此不敢接電話，只說一句：『我很膽小』你說好不好笑？」

「我很膽小?!」

「可笑吧！膽小！叫他去收拾殘局他不嚇死！喔！更可笑是那晚我剪掉那件背後綁蝴蝶結的衣服，吞掉一把安眠藥，一小把。那天起隱形眼鏡怎麼樣都戴不上去。戴隱形眼鏡上床哪可能放鬆，」曾盟啞笑，「那時還在想，下次不要怕麻煩，要先拿掉隱形眼鏡。」

「他是……」

「碩士班教授。穿西裝打領帶，皮膚白白的，皮帶有金扣頭，只有一次穿咖啡色麂皮皮鞋還滿好看的，好笑，我看他穿那種很cheap的內褲，有點同情他。」

曾盟翻身熄掉床頭微光，假笑著抽泣。

「手機借我！」善玫敲她的背。

「嚇死那個膽小鬼！」善玫拿到手機放到腳邊，往床下踢。

手機擊中呂建築的鼻。他按下曾盟打了一整晚的號碼。

「這裡是鐵路警察局，手機所有的這位小姐出事了，趕快跟我們聯絡。她叫M—O—N。」

他們低聲笑了。累得像有孕的新娘忙完了婚禮，墜入花床便不省人事。

歌鈴響了一遍再一遍。

「你是K先生……有一封給你的信，和一本書一條手鍊放在一起……還沒有通知其他人……」呂建築打亮手電筒，低低地巡迴地面，照見白色冰箱、數雙樣式各異的黑鞋、一隻蟑螂。

「……她打你電話最多……為什麼？因為我快過勞死了……她還會在嗎？先生！火車，不是機車……發生幾個小時了，書？叫安娜什麼娜的，你怕有人要你，快去找，我也怕弄錯，去她住的地方幫忙看看……啊！你不會不知道地址吧？保密？我要怎麼保密？我們總要查出她是誰、幾歲、住在哪裡、已婚未婚，你不用管信我看了沒，你說，你到底在怕什麼？」呂建築挺起頭來，床上的女人看似沉沉睡去。

8

他把報紙攤在最外面的那口洗衣槽上。運轉中的機器像隧道裡的車，溫熱著報紙。

……她一下車便走入平交道，沿著鐵軌步行，接著柵欄就放下來了，還發出噹噹噹的警告聲。由雨都開往風城的南下區間車疾駛而來。她不為所動，背對著行進中的列車繼續往前走，走了十幾公尺……

報導強調事情發生在七夕晚間十一點，她搭計程車來，未留隻字片語。她的身姿夢幻，像個學生，但報上說北上工作數年。她雙臂微張，背著父母赴約的初戀少女模樣，調皮的把鐵軌當成平衡木走。

爽利的撕報聲。裂紋自動避開蝶俏的身影，斜斜地走向左下角另一張小圖，畫面上她被集中在一堵簡陋的圍牆下，像一堆被拆卸下來的白色帳篷，鐵軌靜靜躺在不遠的地方。

同事告訴他，搭載這個女孩子的計程車司機打電話到電台節目哽咽講述當晚的偶遇，他特地從照後鏡看她一眼，下車時又看了一眼，她的背影。

9

曾盟迎面走來，一襲紅白條紋短洋裝，條紋粗細不均，行走時產生律動波紋。十多分鐘前噴泉似的手扶梯將她湧上來，善玫看見但不認得，握手機的手遮住臉蛋，沒戴眼鏡，且剪短頭髮，輕快地繞著以手扶梯為中心的樓面溜了一圈，往上游航去。

「我不知道你在這裡！」曾盟說，「我常來這邊上廁所，以前這裡東西最貴，人最少，廁所最乾淨。一樓有 Tiffany，外牆彩色玻璃，晚上好美，像一間教堂。以前還有 Ninna Ricci，有一次看到他們播服裝秀，衣服超美，每一套都想穿去結婚，modal 像精靈，頭上戴花環，最特別是背景音樂竟然是吉普賽小孩唱《流浪者之歌》！」

「流浪者之歌？」善玫聽得楞楞的。

「對啊，電影的《流浪者之歌》！是進行曲，鼓聲蹦蹦蹦，我剛還邊走邊哼，逛這裡自然就會哼，昨天看報紙，法國總統沙克吉驅逐吉普賽人，那個狗男！」

「這裡幾乎都是外國貨，我們是唯一 Made in Taiwan。」善玫拿起熨斗繼續工作。

「你不說真的不知道，這個好好看！啊！好像 Valentino 的影子晚裝，garden

party！」曾盟摸著善玫剛掛起來的裸膚紗睡衣。

「好看？吊在一桿簡直是蚊帳！」善玫拿起水瓶噴了兩下，「好不實穿！」

曾盟抓著衣架，在鏡子前面貼身擬想。

「喜歡，送你一件，我認識的人差不多都送過了，一季可以員購兩件，四八折。」

「昨晚上網，Tiffany手環一下子就賣掉了。你老公有告訴你嗎？有一個穿睡衣的女人七夕那晚被……火哩車哩……可能住那附近，洗好澡換好睡衣……」

「胡說八道！睡衣和休閒服都搞不清楚！」

「是檢察官說的，女檢察官。」

「她聞到她洗好澡了啊！那不是睡衣！」善玫攢下熨斗。

「你怎麼那麼肯定？」曾盟走到另一桿睡衣前面輕撫衣肩拉拉衣袖。

善玫兩手扠腰盯著像隻標本大白鳥的模特兒。

「還得感謝有你老公這種人！」曾盟說。

10

善玫怒氣沖沖以強勁的臂桿頂開冰原般的灰色安全門。一個和她穿同樣衣服的小姐趴在樓梯扶手上不斷低泣。

門開時電話已經接通，她未發一言，他也沒掛電話。難道在聽著女人的哭聲？她坐下來，手機擺階上，腳上的高跟鞋滾落階梯。她用力掐著手機，又把打出來的字刪除。

通往廁所的走道邊，夏換季的臨時櫃，專賣仿三宅一生的鮮豔皺摺衣，前兩天有個男孩穿梭在「彩虹瀑布」撞倒了模特兒，模特兒跌斷右小腿，售貨小姐向孩子的爸媽索賠，氣得人家爸爸折斷貴賓卡，告到管理室。留著娃娃頭老大不小的售貨小姐哭得咿咿呀呀，眼線糊了，兩管黑淚，像隻花豹。

善玫把賣帽的芳子叫來，掀開衣桿下的裙襬說：「一個代班的大學生都這樣偷睡！」老模貼牆側躺在一列睡袍下。兩人把老模搬到彩虹瀑布。

「你看她像不像戴安娜王妃！」善玫說。

「她不是死了嗎？」售貨小姐對著穿衣鏡重新畫上眼線。

南下前善玫特地繞過去看她的模特兒，二十公尺外即止步。她一身晶藍皺摺，雙手扠腰，眉目微鎖。

克制著不看標價，善玫以最短的時間買齊寶藍上衣、白色七分褲、白魚口鞋、緹花牛仔包，買一件穿一件，匆忙而悠哉，一梯接著一梯向下沉。

「真的很像假的，我看了會害怕，失心瘋是不是這樣？」善玫雙手扠腰，吸氣縮緊小腹，眼睛跟著牆壁裡的魚漂。

「我老公說魚是最笨的動物，牠們哪懂瘋掉！」住樓下的化粧品小姐為善玫畫眼影。

「可以再深一點，既然要畫了！」

「要見誰？」

「一個幾乎天天通電話卻好多年沒見面的人，他常說想念我！」

「所以，不要讓他一眼認得！」

「剛好相反，以前我多濃妝豔抹，帽子今天休假，記得喔！臨時櫃今天要撤，我借他們的模特兒幫我收回來，回來送你一件睡衣！」

「你忘了，我裸睡！」化粧品小姐眨著背後廣告上所謂的八心八箭捲翹睫毛。

「我們的睡衣又輕又舒服，像空氣一樣！比睫毛還輕！」

她從洗手間出來，天空烏掉了，她站在大門入口，望著Tiffany打呵欠，塗抹黏又厚的唇膏，嘴巴重得張不開。

優雅挺拔戴白手套的男售貨員取出客人指定的首飾。麗質天生的情侶靜默的接受服務，小姐低垂粉頸，水滴狀的耳環偎在腮邊，身旁玻璃瓶插著一大束花，像一棵花樹。

外送小吃的男子從她身邊呼嘯而過，她暫時停止呼吸。

「去哪？」計程車司機問。

她打起精神做選擇。飛機快，但是快下雨了；呂建築說火車是最安全的交通工具，但是去到那裡太夜了。

沉沉小睡，化妝品沉沉滲入，不再感覺臉上歇著異物。飛機追日，她看到南都柔美的暮靄，這是她的第一個城市，夏長晝長，她曾經不喜歡。交代完去向，她背靠座椅，看了計程車司機一眼，他看來睡眠充足，無憂無慮。

帶狀綠色窗景拖啟記憶匣裡的社會檔案。她北上不久發生的事，螢幕上出現她日常經過的路線。那個有地位有學問也有點年紀的女人確實來到這裡，調閱監視錄影總能看見她們羊入虎口前相信這世界的模樣。好像也是搭飛機，準備參加一場學術會議。沒有別的可能，她坐上隨手招來的計程車，然後她被人發現赤裸仰躺在郊區路邊空地，空地青草蔓生，鏡頭帶動數秒，蒼白的她好像一具飄浮的模特兒。聽到這樣的事，呂建築總說：「這才可怕！」

後照鏡歪斜著，她垂下眼簾，感覺司機正在偷瞄她華麗的眼粧，窗外流曳的景物刷成一片青綠，她打了個長長的呵欠，不像會害怕。

老舊的百貨淪為賣場，通常得靠一場意外的大火讓它走入歷史。紋著眼線的老櫃姐打著呵欠，職業性地掃視客人，不停地摺衣服，鋪天蓋地的衣服。

她層層流覽，想起呂建築帶她上樓看睡衣專櫃，呂建築的來電鈴又響了。

站櫃前她在海島小鎮當了一個半月洗頭小妹，原來人的頭髮那麼多頭顱那麼重，五爪掌著幾乎要脫臼。拜常年痠痛的媽媽所賜，練得一手按摩的好功夫，在她手下的男人，包括呂建築，不曉得她是新手，且只有十八歲，當她兩拇指壓著泡沫在後腦勺連脖子的地帶上下滑動，男人開起黃腔。她低眉不語。客人指定要她，老闆娘遊說她別放棄。她瞅著雙手慢慢說出原因，「我不想濕濕的摸肉、摸頭髮、摸人！」當她知道呂建築在鐵路警察局的工作內容，她又想起這句話來。老闆娘笑著說：「你還少歲，慢慢找，找到再回來跟我講，我都在這！」

她跟媽媽要錢買了兩套新衣，拎著新婚大姊的紅皮箱，飛離海島到大港都投靠媽媽同母異父的小妹百合。百合在百貨公司賣了十年睡衣，已經是南區主任，允諾介紹她進睡衣專櫃。那時她尚未穿過睡衣，不明白睡覺幹嘛穿睡衣，百合笑著說：「這樣你才知道你在睡覺啊！」

整個樓層就百合那一塊白粉粉淡淒淒的，令人想到了素帳、幽魂這類的。呂建築則相反，以為這兒高雅潔淨又柔軟，手伸進衣袖再抽出來，都好像多了一層隱形的絲膜香氣。他哼著一首叫〈夢的衣裳〉的歌，帶她上樓看同樣粉嫩的嬰兒用品區，順便買瓶痱子粉，並且第一次跟她求婚。

儘是些盡忠職守的婦女，沒有人從睡衣專櫃離職，呂建築十分心急，怕她不耐等入錯行。她暫時遊走於各個專櫃代班，閱人及銷售能力大有長進，大家口耳相傳喚她「百合她姪女」或「黑百合」。

一家設計師品牌的中國服飾固定請她代班，灰黑、靛藍、桃紫，影影幢幢，又是奼綠又是嫣紅，好似搭篷唱大戲，整棟樓她最不可能花錢的地方。每日戰戰兢兢等著那些怪裡怪氣的「女俠」來開市，自己則一領到錢就跑去把物色好的華麗物品帶回家，鱷魚皮帶，黑色開叉窄裙，黑網襪，新燙一頭及肩螺絲捲，額上吹整出尖角，百合說是「半屏山」、「雞冠頭」。她兩手扠腰一個轉身，「百合！你看我像不像舞女？」飯桌那頭穿成套睡衣褲的百合的老公擡起臉來，說：「若要當舞女，要多吃點山藥、薏仁！」

百合的櫃位仍在老地方，一旁泳裝專櫃的模特兒伸出慘白的腳尖，擺著霸凌的姿態；而睡衣模特兒依然是黛安娜，身上掛著綴灑立體小花的百褶睡衣。善玫也特別鍾愛這襲睡衣，當作結婚禮物送給常在同樓層代班的失婚少婦。在這之前，有天打烊晚安曲聲中，試穿這件睡衣的小姐在未婚夫和她的慫恿下，把它穿出去散步，百貨公司的側門出去是一條樟樹大路。

她順了一下模特兒的裙擺，在這裡代班時曾為了對付邊掀模特兒裙子邊說猥褻話的低級男子，她在裙擺裡面別了一圈大頭針。

低頭看浪漫小說的胖妞欲套上鞋反而把鞋踢到她面前，面不改色懶懶的招呼：「慢慢看！都有折扣！」

她要求試穿新進的早秋裸膚紗睡衣。不想弄髒睡衣和彩粧，就只是拿著在試穿室裡照照鏡子。百合駐足二十二年的地方，沒有任何百合的影子。掛勾上有兩條髮束，一把雨傘。

「放著就好！」胖妞全憑耳朵，斷定她沒有購買意願。

她站在百貨公司門口等候計程車，天色已暗，路燈下稍有一點墨綠。行道樹上雀鳥啁啾，越去聽它越駭聲。汽車一部接一部劃過。電話鈴提醒了她，到服務台請求幫忙叫車較為妥當。

「怎麼會！我在這邊住了半年！」她偏著頭喃喃。

計程車司機一再催促打電話問人，甚至把手機推給她。

她走進超商，一碗泡麵在倚窗的長條桌上冒煙。她也買了一碗泡麵。

國中女生吃完泡麵，伸指在微朦的窗上畫心形，別過頭來和她相視而笑，之後從落地玻璃窗外走過。她望著巷弄發呆，巨鳥衝撞玻璃窗的聲音和黑影嚇掉她手上的手機。是個女人，笨重的飛奔進來和她相認。

胖妞也捧了一碗泡麵坐下，麵湯濺在起霧的近視眼鏡上。一聊才知道，胖妞不僅幫百合代班，且住在百合樓下，百合和前天剛復合的老公下午帶孩子去峇里島渡假了。

「我是有預感！」善玫支著下顎，反覆打撈碗底的麵條。

「復合還是渡假？」

「都有，反正是見不到她！」

「為了她打扮這麼漂亮！」

「以為可以跟她去夜店玩，像我們年輕那樣！三、四點再搭車回去還來得及。」

「我可以陪你去啊！」

「謝謝！我現在只想睡覺！」

「你的電話不接喔？」

「沒關係，再買冰淇淋來吃！」

胖妞自我介紹，名字是「美麗佳人」其中兩字，非婚生女，孩子在鄉下給老人家帶，非常熱誠的邀善玫上租屋處坐一會，冰箱裡有前天百合兒子的生日冰淇淋蛋糕。

移開這間兩個街角交會的大超商，善玫記起了從前回家的路，昏暗雜遝的樓梯，難以追憶昔日挾帶戰利品扶搖直上的歡愉。

「開小燈就好，一份給你，一份給百合！」善玫拿出皮包裡的眼影和唇膏。

「謝謝！樓長很機車，沒畫口紅罰一百，看一次罰一次！」胖妞套上運動短褲再脫窄裙，脫不下來，鵝似的搖搖晃晃跑進洗手間。

「這好像我的床！」

胖妞從洗手間出來，善玫又說一遍。

「百合給的！」

「那就是，大地震的時候我就是睡在這張床上。」

「你看起來很累，要不要睡一下你以前睡的床。」

「我沒有穿睡衣！」

「你不是買了一件！」

「我看到你的報表，還沒有開市。」

喝下胖妞遞來的檸檬水，善玫橫倒在床尾，兩手摀住眼睛。

11

善玫躡手躡腳走出房間，被門口一個閃光的魚缸嚇一跳。

胖妞趕到樓梯，「你的睡衣沒拿！」

「送你，你一定沒在穿睡衣睡覺！晚安！」善玫繼續往下走。

「我送你去！反正我也睡不著！剛竟然睡著！不然也是上網上到天亮……」

胖妞蹲低身體，像一顆巨石，耳語式的喊話，隨著她的腳步和樓層轉角分段進行，她整個人被罩在沙啞的喉間。她接近地面時胖妞嗚咽起來。

她半推半就的讓胖妞跟上計程車。好怪的司機，聲音和動作都像機器人。

她仰臉看著火車時刻表，把鈔票推向櫃台又收回來，轉身看著緊跟在後頭可憐的胖妞。

上了年紀的流浪漢下肢蹺曲，側躺在三個褪色的畚箕形塑膠椅上。

她緊摟皮包的雙手鬆了又圈，圈了又鬆，低頭發現露在魚口鞋外的指甲是紫色的，想是胖妞在她睡著時塗的，她脫掉鞋子把腳曲上椅子，望著外面說：「就是這種天空！」

胖妞皺著鼻子，食指將眼鏡往上頂。

「我剛上北部，一開市就打電話跟百合講，每天最開心就這時。」她說。

「百合人好好！我無聊可不可以打給你？」胖妞快速瞥她一眼，繼續手機裡的防禦工事。「我也想去北部看看！」

「我剛上北部不久就認識宮小姐，她長得好漂亮，好白，講話輕聲細語，她穿的衣服多漂亮！她跟我買很多睡衣，我都不知道她怎麼穿得完，她刷了一件薰衣草睡衣一直沒來拿，打了很多通電話，最後就留話了，一個老女人，大概是媽媽，說睡衣好，叫我寄過去。她出車禍不能動了。」

「喔。」胖妞大聲答應，表示她在聽。

「那時候我要上北部工作，跟我男朋友坐最後一班火車，那天還代班，一天也沒休息，我第一次坐火車，從天黑坐到天亮。」

「喔！我常坐，坐去上學，過站還跳車，跳斷一隻腳！」胖妞抬高一隻腳。

善玫自皮包取出一只淺藍色紙盒，慢慢自盒中吊起一條水瓶墜子的銀鍊，眼睛卻看著銀鍊後面的流浪漢，「他睜開眼睛了，他只有一隻眼睛。」

「你戴起來，我幫你拍照，拍給百合看！」胖妞在她面前單膝跪下。

「流浪漢去買票了，他要跟我坐同一班車。到這裡就好，我的粧會不會很恐怖？你相不相信有人躺到鐵軌卻沒被壓扁，好好的，又回家了，聽說當過老師，常常這樣，有一次下雨天警察送她回家，很瘦很瘦，跟她爸爸住。我也覺得誇張，不可能！鐵軌才幾公分高……哈，我問錯人了！你知道我為什麼選這條鍊子，我看到廣告，有一朵花插在這個水瓶裡，還有一隻螳螂要來喝水！」

12

嘎——。窗簾往兩旁縮攏，日光像白瀑傾瀉，照見地上被踢倒的茶壺浸濕的涼被，魔藍夢綠，活像一叢巨大的海葵。使勁將涼被拖到浴室門口，卻不懂也不捨得使用法國洗衣機。

他撿起垃圾桶內揉捏成球形的報紙，報上那女孩身上的紅條紋似扭曲的花瓣。

他第一次走進豪華書店。

眼前面向書架有三個女孩，都穿條紋衫，他知道其中一個是曾盟。果然是，但他認錯人，曾盟剪短頭髮了。

「買一本，等我看完再借你，或你先看。」曾盟停在一堵「西洋文學」的櫃子前。

「兩本？」櫃台的收銀員問。

「嗯。」曾盟看著呂建築點頭笑。

月河掛在窗上，流到地上，注入乳白的床鋪。

呂建築捻亮床頭燈，火柴鐵道躺在床頭櫃上。

他在第十頁時昏睡過去，聽見樓下的鬧鐘，醒來翻到後面，從後面看過來，好不容易才找到這一段，應該就是這一段。

但是什麼巨大的無情的東西撞在她的頭上，從她背上輾過去了……那枝蠟燭，她曾藉著它的燭光瀏覽過充滿了苦難、虛偽、悲哀和罪惡的書籍，比以往更加明亮地閃爍起來，為她照亮了以前籠罩在黑暗中的一切，搖曳起來，開始昏暗下去，永遠熄滅了。

他用兩層塑膠袋提著被子，尾隨樓下專櫃小姐的馬蹄聲下樓，袋子滲水，樓下專櫃小姐撥著頭髮驚恐地叫著往下跑。

他把被子塞進自助洗衣槽。

他流連在帽子築成的堤岸。

有個專櫃小姐將賣帽子的小姐招過去，兩人眼睛望向他，大概是在說：「那個人怪怪的，一早就在那裡晃來晃去！」

他買了一頂有藍花布圍繞的巴拿馬草帽。她們迷信第一個客人的好壞關乎一整天的買賣順利與否。帽子小姐解除戒備，變得和顏悅色。他轉向對岸像白帆林立的睡衣專櫃，她趕忙過來招呼：「慢慢看！」並朝旁邊專櫃說：「再幫忙打一下電話啦！怎麼還不來？會不會出什麼事？」她翻了翻櫃台上的東西，轉身叫了一聲，「喔！嚇死人，誰弄的?!」

呂建築跟著她的驚呼望去，更衣室裡立著一具赤裸的濃粧模特兒，胸口用一排彩繪的眼睛遮住，肚臍的地方則是畫了一枚唇印。

二〇一一年七月七日

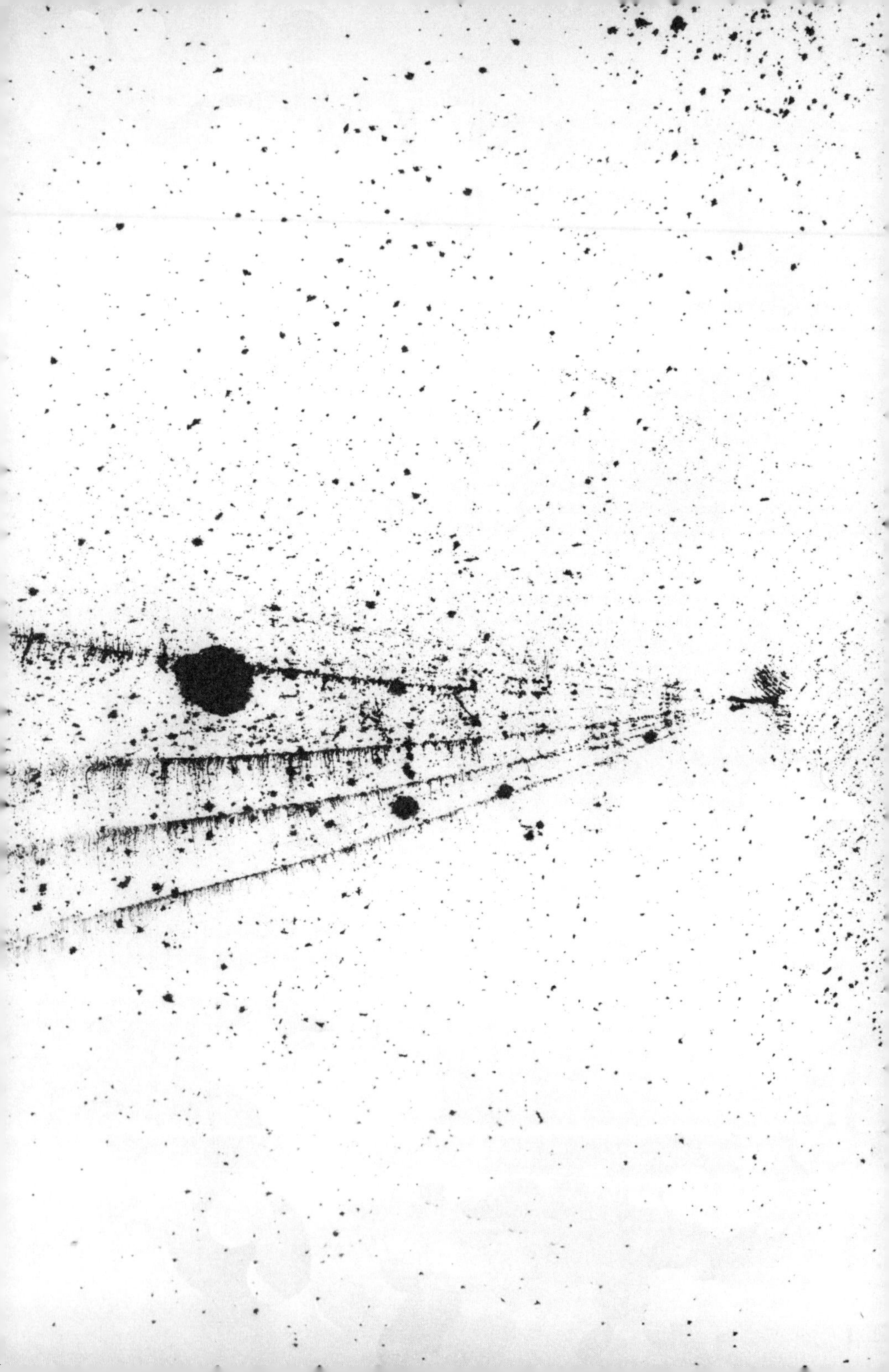

藍藍綠綠

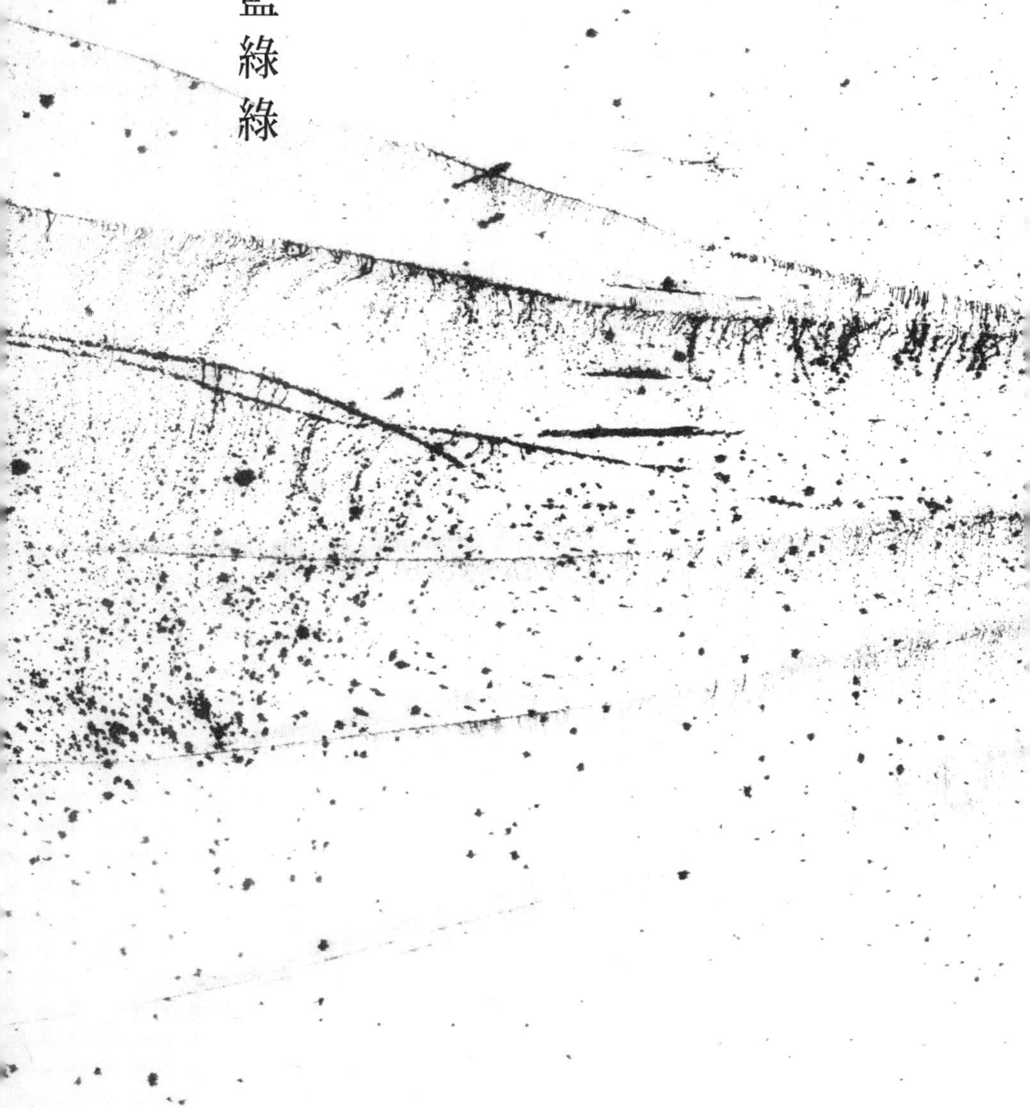

范先生雜貨店裡的陳設自他老爸時代就沒有改變過，范立出生時，有幾個夜晚他不能睡，動手整理出一個不同的秩序，當他去服後備軍人役，回來幫忙的老爸便因而跌傷。糖尿病導致眼盲的老顧客胡爺一個禮拜來這兒享受一次購物樂，他在擺醬瓜的架上摸到一缸水，那驚訝有如黑鍵變成了白鍵。

范太太午覺起身，撞見掛柴魚的柱子下面又多了一口水族箱，急得像船艙進水，轉身欲回房找剛上床午睡的范先生。瞥見冰箱上面丈夫張貼的剪報，她忍了下來，走到櫃台去啃香蕉，隱隱覺得自己正在發胖。剪報上寫，研究顯示吃香蕉有助忘憂。她並不相信。即使學聲樂的客人江小姐也說，她高齡九十的德國女老師獨居，冰箱裡只有香蕉和優格。

水族箱裡只有沙和水草，樓上的保姆阿慧抱起孩子看了又看，告訴范太太。

范先生午覺起身，深深地注目著門外黃昏依然降臨的馬路，接著動作純熟的將藍色塑膠箱綑在機車後座，準備出門載麵包。范太太望著丈夫策馬入林般的背影，告訴自己一切都不必擔心。

戴漁夫帽的女傭熟練地切進對向車道，把像她下半身的輪椅擱著，輕飄飄靠近報架，伸手自底下簍裡抓出麵包，一邊一隻放入身上兩只大口袋，多的塞在輪椅上蓋著薄毯的膝蓋上。

「喂！」范太太長聲勒令她回頭，「不會說謝謝喔?!」說著把一份被翻過的晚報摔到櫃台上用力敲整。

附近唯一戴眼鏡的女傭，那模樣就像鵝戴眼鏡一樣怪，范先生說那副眼鏡是楊家女兒的，可能是她要她這樣戴著。「你又知道了！」范太太對先生的善解人意不以為然，問她是不是近視，她一臉呆苦。她的工作之一是每天黃昏推輪椅繞雜貨店對街兩排公寓，路過教堂和郵筒，行經大路和公園，爬上坡也走下坡，取悅輪椅上曾有散步習慣的楊媽媽。

楊家女兒親自挑選訓練女傭，陪先生赴美就醫便沒再回來，留有一筆錢請表妹幫忙裝設監視錄影、支付女傭薪水和生活費，據說夠媽媽活到八十一歲，家族中最高齡。沒有主子調教的女傭沉溺在思鄉病裡，又聾又啞，智能似乎有些退化。范先生把一批相當優良的回收冬衣拿去送給她，這一帶的首富方太太丟出來的，二十公尺外都聞得見那樟腦味，包括有大口袋用來裝麵包的卡其獵裝。范先生始料未及的是，她似乎非常喜愛這些衣服，天天穿出門，冒犯了專制的夏季和附近的太太還無動於衷。

范太太再不許范先生吃前一天賣剩的麵包當早餐午餐了。結伴上廟裡拜拜途中，阿慧要她回想，范先生是從什麼時候開始不快樂的。就她所知，事情就從吃太多賣剩的麵包開始變壞，強烈胃酸灼熱范先生的喉嚨，當作感冒輾轉於小診所治了一個多月，非得上大醫院才能釐清病情，非得照胃鏡才能獲得健保給付的特效藥。省錢的快樂大於皮肉苦，他捨棄自費無痛胃鏡，巨大魔鏡垂落胃裡那天，她在家裡鬧胃痛。

他不得不上床歇著，兩個枕頭墊在脖背下，築起一道堤岸，避免胃食道逆流。不知名的動物將他馱在背上，安靜而危險。他無法長眠，多在冥想，面對屋裡唯一的空白處天花板，體會什麼是虛空感、時空感。他拉長下巴，一本接一本啃食這些年回收疊堆在床底下的武俠小說，往往過半才確定已經看過了。勾起他記憶的不甚高明的橋段上，有妻子說的恐怖的霉味。他嘗試看勵志書，隱約感覺將開始悲傷的生活。

「怎麼壁虎一直叫？」他問進來探頭的妻子。

「范立在叫啦！」妻子笑得天真而惡意，凡是她知道而他不知道的事。

「幹嘛這樣叫？」

「他說這樣比較算得出來。」妻子又在傻笑。

§　§　§

范先生決心報紙麵包各減量四分之一，轉角的便利商店倒了，上門的顧客或誠心或調侃地向他道賀，他忙於對付國稅局的加稅要求，一笑帶過。他打電話抗議，責任落在一個獨力拉拔弟妹誤了青春的老小姐手上。她耐性聽他訴說二十四小時便利超商如何夜以繼日的摧殘雜貨店這家庭夕陽手工業，開始用那沒彈性的聲音敘述她所依據的某日微服訪察的情形。

「門口擺一排好幾箱水果，右邊有一支公共電話，左邊一張桌子放不少麵包土司、花生、粽子，什麼都賣，生的熟的，屋簷還吊兩個紅燈籠對不對？」

「什麼吊？」他背著店面，否認她所說的，腦子裡拼貼著那些惱人的物件，聽見她對老闆和老闆娘的描述，「一個不高，一個胖胖的」，他嚷「夠了！夠了！」她用「金雞母」、「佼佼者」來形容他經營的事業，他更光火，一條軍綠色百褶裙突然迸了出來。他描述女稅務員的穿著，她問：「你怎麼記得那麼清楚？」

「你不也是！」

「我做筆記又畫圖啊！」

「你這種行為像特務你知道嗎？」

他在一紙菸盒上草擬申訴書，淡淡菸香像秋風中的和絃，不就是菸酒公賣局開的發票給了國稅局直接有力的加稅證據，「以前沒加不代表以前合法！」無論他說什麼，她都有話說，「欲加之稅，何患無辭！」

晚餐的咖哩飯像一座黃山矗立在櫃台上，妻子一句話也不敢催。他展讀三大報慷慨激昂的社論和讀者投書，培養情緒和手感，左手匙剷黃山，右手執筆陳情。

如願獲得審查委員的同情，小降了一級，他並不滿意。妻子滿心佩服，偷偷保留那菸盒紙板插在衣箱之間，就怕以後還用得著。過不多久一張張爬著黑蜈蚣如律令的厚紙板陸續出現，她看到就怕。

§　§　§

范太太午覺起身，看著洞外亮烘烘，一種迫滯的寧靜隱含不幸，迎著門口丈夫向光的黑色背影，突然想起結婚頭一年與朋友出遊歸來，他三天兩夜冷漠不語的情景。從那時起，她已二十多年不曾遠遊。

「她之前才來買一包飛機餅乾！」說著他把藍色塑膠箱搬上櫃台，咬了裡面的椰子麵包一口，馬上又把塑膠箱移至機車上，而在車輪邊嘔了起來。

范太太懊悔午覺不該睡過頭，事情發生在三點半鐘，理當她掌店。

那個女人是附近鄰居徐教授的小妹，來買了一包飛機餅乾，十五分鐘後自哥哥那棟臨街的公寓樓頂墜下。范先生聽到撞擊聲第一個跑過去，慢速暈開的鮮血如扶桑花開。

范太太走到馬路上，朝那方向望，水洗的澤痕已乾涸到剩一個巴掌大。她想起范先生形容她「眉清目秀」。

阿慧提醒范太太：「煮個豬腳麵線給他吃！」

晚間他用簽字筆慢條斯理在紙袋上寫：「為響應環保，本紙袋請重複使用。P.S.每個成本一塊七。」

客人小心翼翼把蛋往紙袋裡放，問起午後的悲劇，他語焉不詳。十點多，穿白夾克的徐教授來跟他握手。他陪他走回公寓，聽他說：「我只有她一個妹妹！」

受罪的季節，漫長、濕熱，空氣中瀰漫著醃騷味。他穿姪子淘汰的短袖卡其襯衫，衣身窄，下襬弧圓，兩邊開小叉，胸口繡有藍藍紅紅的旗幟，和女客人交頭接耳看來頗像一回事。

范太太狂劊空心菜，阿慧痴笑著跟她咬耳朵。和范先生聊風花雪月的都是讀書的女孩、有本事的女人，她們需要傾聽的男人，而他總是誠懇的把耳朵靠過去，正人君子的收攏著兩肩，眼神半信半疑定在右上。他向客人透露，年輕時服役打靶震傷了左耳，乃致重聽。

某天晚上范太太見女研究生嘟著嘴走開，范先生不讓她多問，一個月後，他要范太太騙范立去收驚，不得不吐實。

那晚女研究生買了東西又折返，撒嬌地請求范先生為遭車輾斃的小貓收屍，范先生難得有所不為，范立悄悄跟過去，在教堂邊的小路把壓扁的貓裝進垃圾袋，一路提上山坡，走到燈火盡處將牠埋在樹下。女研究生請他到住處喝咖啡，告訴他，那天也是她的愛貓「眼波」的忌日。因為貓和咖啡，范立失眠了。

范先生接到老師的電話，偷偷去看范立的日記。這念頭起於他臥床養病期間。

那時一種范立兒時說的「像菜脯味的尿騷味」飄浮在周圍，紗門外范立看起來好像一隻蜘蛛，用功的在寫日記，寫完推進抽屜，作了上鎖的動作。

范立的字執拗而孩子氣，感覺好陌生。兩年前的聖誕前夕他出去一下午買了這本像黑盒子的日記本，媽媽看見標價數落他，把一疊廠商送的記事本抱到他桌上。范立從不頂嘴，默默將它們挪到桌下墊高他那雙「打勾勾」的球鞋。

范立的日記沒有日期，沒有蹺課這兩字。范先生希望是老師打錯電話。

他站在月曆前面找尋線索，可能是發生在星期三，星期三沒有補習，這是范立的堅持。附近超商開幕的日子有骷髏頭作記號，社區旅遊畫隻風箏，對面大樓鬮家兄弟鬩牆有一個「門」字，沒看到貓。這本來就是件無關緊要的事。但據直覺，貓出事後范立開始蹺課，蹺了六天。范先生在這六個格子裡畫上貓臉。

日記本裡傳出似幼兒的啼笑聲。

「她竟然叫我雜貨店公子，我能有什麼意見，有可能我也會像老爸一樣從雜貨店公子變成雜貨店老闆，那一定很好笑。到時我不賣會壞掉又要秤來秤去的東西，可以來賣一些玩具和漫畫，我要有一個高級機器人當伙計，負責掃地找錢和送東西……

「去××之前，拿美工刀，想去把牠埋好一點！昨晚指甲的泥土沒洗乾淨。

沒勇氣再看牠一眼。連呼吸都不行。以前從來沒有來過這裡，這裡住的都是像阿公一樣大陸來的老兵，看他們都閒閒的……

「放學後沒有××，去那裡，發現牠有被翻起來又再埋下去，一定是那些無聊的老兵做的，可能以為埋的是人，到處有人殺人。好奇心挖起一隻貓。

「她住的地方好好，不是書就是漂亮的藝術的東西，樓上的窗戶可以看見許多樹木，終於聞到小阿姨賣的芬多精和負離子的味道。她說要幫那隻可憐的貓取個名字。」

「你要不要去阿公樓上住幾天？」范先生問放學經過櫃台的范立。

「為什麼？」

「對啊！為什麼？」范太太跟著兒子問。

「怕他會有老年痴呆症！」

「那我的少年痴呆症呢？」

女研究生不再來雜貨店，大邁步路過時側面的輪廓像迎著海風立於船首。她也屬於眉清目秀一族。范先生覺得她在賭氣，微微有種咖啡加奶不加糖的香醇與苦澀。她抱著一串衛生紙，另一隻手提著路口地下室福利社的塑膠袋。有人告訴阿慧，那裡一串衛生紙便宜十四塊。他因此把差價縮小在個位數。

每個月一個晚上，妻子坐在餐桌邊分裝紅糖、紅豆和綠豆，一斤一袋，屋裡洋溢甜品原始的香氣，他踱到馬路上，仰臉望著弦月，才放下臉，女研究生已經在店裡了。她來買味噌和泡麵。她剪掉長髮，頭髮短到幾近光頭，他根本不敢多看她那如貓憂森的眼珠。記得日記裡似乎有光頭這回事，他溜進房間，抖著手摸不到鑰匙，在桌子底下抓到一朵濕冷的木棉花。

睡前妻子告訴他：「范立已經三天沒洗澡了！現在也不再弄那些怪聲音了！」反常絕非好事。當晚他輾轉難眠，甚至後悔不該聽信媒妁之言真的戒菸。

見他呵欠連連，妻子說：「你已經連續幾天晚起了啊！」前往果菜市場的路上，他的機車不知不覺闖蕩在銀白閃耀的快車道，背後驅趕的喇叭聲像獵人的槍響，他振翅高飛，防曬的黑玻璃窗上有他奔翔的側影。

時速二十公里，讓他有時間研究單車客炫麗酷帥的配備，這是他支持的總統上任後帶起來的風氣。

他將一車高過頭頂的水果載回家，櫃台邊的妻子和學聲樂的客人江小姐，四隻眼睛迎接他。

「天啊！幾天沒刮鬍子了啊？」妻子用他幾乎聽得見的音量說話。

「對啊！好像沒看過他這個樣子！怎麼了？」江小姐問。

「我哪知啊?!」妻子搖頭嘆氣,「生意難做喔!」彎身把箱底枯黃的檸檬撿到櫃台的淺籃子裡。

范先生打了三次電話,他的國中同學阿義在一個下雨的早晨免費為他施工,還說:「下雨天吹冷氣才爽!」

工程宛如祕密進行。房裡待不到十分鐘,阿義脫掉濕透的上衣。敲打隆隆似槍砲聲,范先生腸胃緊縮,皺起眉頭,在兒子的電腦上面再披一條浴巾。其實范立床下早就塞滿回收的冷氣機,范立兒時感冒犯過氣喘,且營業用電太傷,拖到現在,他的環保形象已經建立。

吹冷氣的雨夜,山嵐自范立的房間穿過紗門幽幽漫來,他靜看妻子的睡姿,她面向他,一手枕在枕上,身體彎弓如護著襁褓中的范立。

「冷氣機的聲音好像海盜船喔!媽啊!你有沒有坐過海盜船?」范立的聲音一高起來童音更重。

他靜靜地感覺他們生活的地方是一個盆地,雨絲沿著陶盆向下流聚。他把單人涼被拉到下巴,盡情舒展筋骨,使它們像襯在風箏後面的骨架。彷彿再度徹夜未眠,腦海裡的情節應該只是想出來的夢,未必是真的夢。他手插口袋悠哉悠哉走進霧中森林,徐教授住的公寓橫倒在裡面,像格列佛被千萬根細線綁住。

§　§　§

雨停了，水滴聲未止，阿慧背著孩子沿後巷走，發現他們裝了冷氣，窗外擺上一盆葉大如象耳的植物。

吹冷氣睡覺的乾澀感常在舌根，妻子遞來一杯蜂蜜溫水，范先生拿著慢慢啜飲邊說：「又不是小朋友。」

星期天午後神父來買蘇打餅，眨著泛白的金色睫毛告訴范先生：「我剛剛才跟一個媽媽說，我們的社會會變壞，我們的青少年會翹家翹課，你知道嗎，那是因為開了太多不睡覺的便利商店，什麼時間，要買什麼都有，孩子就不需要回家了！」

江小姐收起雨傘，特地進來報告她的觀察，「真是太強的對比了！你看！旁邊的外傭，講公共電話講得多開心，你也是右手貼著耳朵，卻愁眉苦臉，你知道梵谷嗎？你那樣子好像梵谷畫的嘉舍醫生喔！」

一星期後江小姐送來一塊「嘉舍醫生」的滑鼠板，范立說好酷。

§　§　§

暑假來臨前照例有客人來打招呼，要求幫忙看家，見范太太掌店就憋著，一定要等到范先生一個人的時候。

掛鉤上寄放的鑰匙像一列勳章，范太太怨恨的對著他的背板說：「黃媽媽那個宅女不是在嗎？就花跟魚，活的東西你千萬不要給我答應！去年的事，你不要忘記！」

「那是瑪法達自己以為被遺棄才憂鬱死的！」范先生拿著泡棉棒上下搓洗水族箱壁。

「你也知道憂鬱會死，你不要答應，他們就不敢丟著就跑！」

「啊！助人為快樂之本！」

他晚飯吃得匆促，嚼著口香糖說：「這褲子不錯！」鑰匙一串串投進范立穿不下的有五個口袋的滑板褲。

「孔明車載不動了啦！」范太太瞪了他一眼。「快點回來啊！阿慧找我去夜市！」

一朵黃玫瑰先映入眼簾，發現後面是范先生，范太太瞥眼看時鐘說：「一個小時又五分鐘！越來越晚！」

范先生尋著玻璃瓶說：「史太太說要幫她賞花，我想麻煩，又想花開堪折直須折，反正他們是去歐洲，決定要，又找不到剪刀，最後拿菜刀！」他把花瓶立在剩菜盤邊，對吃著滷豆干的范立說：「你看！勸君惜取少年時，花開堪折直須折！」梯間悶若煙囪，擺在樓梯上的垃圾像河豚一樣鼓了起來，父子倆爬上五樓，渾身脹熱。范立冷眼觀看老爸開門、開燈、澆花、餵魚、熄燈，沉入一座黑黑長長的沙發。

「我們家沒有沙發！」范立盤腿坐在魚缸前面輕吹口哨。

「沙發是給有空閒的人坐的！」范先生凝望著電視機裡黑鴉鴉的半身人形。靜坐五分鐘，范先生戴上眼鏡，「走吧！回去吹冷氣！」

那夜范先生看書看到很晚，范立又開始寫日記，日記本不再晝伏夜出，袒放在桌面上。掙扎數日，午後雷雨聲中，他的手伸向日記本，但願門後面是美女而不是老虎。

§ § §

天籟樂音自背後如煙擁來，櫃台內范太太本能的想往外逃，她站在冰箱旁邊大聲朝屋底紗門呼喊范先生的名字。

他捧讀一本大書，頭也不抬，歡喜地走來，「你看，范立查的字典，寫得密密麻麻！」

「什麼咧？大驚小怪！那小五、小六就在看了！你幹嘛什麼音樂開那麼大聲！」范太太仍疑惑地拉長脖子張望。

「莫札特啊！」范先生把書闔上，貼在胸前，向她展示封面上那鳥似的一張臉。

范先生盼著託妻子轉交莫札特ＣＤ的江小姐。她曳著花長裙轉入社區馬路，被前面龐大的發光體吸引，走進新開幕的超商，這回有兩個店面大。范先生想起那個目測粗估顧客人數的女稅務員，他質疑她：「站那一下子，哪算數?!」

江小姐過來了，范先生自飯桌上將書捧來，說起他退伍後第一份，也是唯一一份工作，販賣分期付款的中英對照經典藝術套書。

江小姐替他高興，卻沒意思接下那本書，繼續吃著剛從超商買的進口冰淇淋，說：「有個女書法家說她揮毫時一定要聽莫札特，不能有任何其他人在旁邊，只要莫札特！練書法也可以沉澱心靈！」

蹺了暑輔晝寢的范立終於起床，第一件事就是關掉老爸房間的莫札特，打開倚在牆邊的《莫札特》。他跟兼辦流浪動物轉介的老爸要求養狗，過幾天來了一隻黑色臘腸狗，取名「Wolfgang」。

§　§　§

健保卡插在范先生心臟正前方的口袋一陣子了。夜半雨歇，一早旭日東昇，彩虹隨之高掛，他起床穿衣、插卡，餓著肚子直奔醫院。

不顧醫生打岔，他堅持講述范立日記裡的片片斷斷。結果跟天氣一樣好，醫生說：「心病跟憂鬱症是有差距的，如果，如果有憂鬱症，你兒子是四分，你五分！一個月後再來，不行的話再開藥吃，多運動，不要想太多。」

反覆想著四分、五分，四捨五入，他遺失了目的地，回神急忙掉頭，來到門口給蹲在門邊的老闆兩個烙餅，指牆上的看板說：「可以漲價了啦，沒有人理髮還八十塊的！」「你不是因為八十塊才來？」老闆笑著關起門來開冷氣。他忙說：「不用啦！」

鏡牆上他的頭殼逐漸光禿寬扁，一吹冷氣就開始幻夢。

他馬不停蹄給老爸送去三個烙餅，看著窗外向老爸提議帶范立去遠一點的地方走走，老爸覺得他臉色蒼白，催他回家休息。

一覺襖悶睡到黃昏，他走進店面尋著妻子俄羅斯娃娃般的背影，心是往下沉的，一切都沒改變。「賣完了？」他問。妻子答：「賣完了！」

他把藍色塑膠箱抱上機車，一綑一綑繞著橡膠皮帶，妻子來到車邊，「你去看精神科喔？」他瞥見她紅著眼，「沒什麼啦！去啦！有客人！」

載麵包這片刻時間，妻子告訴了阿慧，阿慧看他的眼光都不一樣了。

他載麵包回來，遠遠望見男孩捧著一個像敞開的書本那麼大的水晶體走出店口，他過門不入，跟蹤小步行走的男孩和手上的一缸魚。

第一口水族箱安插在後排醬瓜架上，不到一個月，第二、第三口挨擠著來。

「奇怪！今年搬家移民的特別多！」范太太堅持不准進臥室，第四口水族箱三尾蒼白的母孔雀魚擺在櫃台無人認養，意外吸引多年未上門的客人小宋。

小宋是他們夫妻看著長大的，平凡的一個人，邊走邊吃鹹酥雞，自小酷愛養魚，退伍後在水族店工作，雖然得過一個日本水族造景設計獎，並未因此而有什麼發展，水族箱出現在雜貨店前他剛換工作，新的水族店純粹買賣設備，魚缸空洞透明不興造景。

在小宋的調教下范先生的二手水族箱雖有些晦綠，倒也草絲栩栩，像個水森林，客人不期而遇，特別是年輕的小姐，驚嘆連連；尤喜聽他朗朗念出那些砂石水草的名字，黑中基、頁岩、沉木，莫絲、小榕、青絲、紅葉、羽毛草、小寶塔、大葉草、水芹、水蘊草……。

二號水族箱長了黑毛藻，他照小宋所說，加了一百CC漂白水，生物俱滅，一切歸零，修剪根部，重新再種，小宋來時，黑木蕨冒芽長新葉，死而後生，更透明翠亮。他還炫耀細葉水芹，「昨天睡覺前才看到冒芽，今天早上就長七、八公分了！你看那嫩葉！」小宋大為讚賞四號水族箱。他說：「我去公賣局路上有一家水族館魚缸很漂亮，我每次都去看，不過這個是拷貝我下雨天晚上作的夢！」

小宋帶來加工製作的編織草皮和浮球，示範一手夾浮球一手用剪刀修剪冒出絲網的綠鬚。小宋說：「你要是有長方形的大型魚缸，我可以重現我參加比賽的作品！」「等我買豪宅！」范先生說。

收到幾乎全新的五號水族箱，范先生在月曆上作記號。凌晨十二點十五分，小宋來了，帶著一大袋鹹酥雞，炸物應有盡有。范先生開了一瓶啤酒。

「我辭職了！」小宋說，「這樣賺太慢了，跟我女朋友去溫泉區的精神療養院工作！」

§　§　§

當晚范先生繞著社區跑了十圈，膝蓋疼了一個月。

五號水族箱遲未美化，范太太催促范先生，「那邊撈魚或蝦過來啦，阿慧也說，沒魚，蝦也好，作生意，都沒有，不吉利！」

「那又怎樣？」范先生變本加厲愛頂嘴，見范立回來，忙扭下一條香蕉給他。

「有一隻螺你沒看見？」范立說著往房底鑽。

范太太臉貼水磚瞧了又瞧，背著范先生拿湯瓢剷沙，跑進房底問范立：「哪有？」

「上次爬到這上面！」范立說著將水族箱上的燈管往後仰。

母子倆把倚放水族箱的柱子打柱腳找起，頭仰到最高，搜索天花板，又遍尋周邊的零食架，終於在柱子後面的米袋邊發現斑馬條紋的小螺，螺肉萎縮，好像掛了。范立拿近鼻孔嗅了嗅，沖沖水，盛放在一隻淺水盤，端進冷氣房伺候。

范太太午睡醒來一身潮熱，像是那些年那些個低落的午後，渴望懷孕而又發現月經來了。她坐在櫃台吃了一個蔥麵包和一條香蕉，感覺著太陽在西下，夏天在消融，沉重的身體忍受著生活。范先生出門載麵包，女傭從她運行的軌道迅速切入，天熱麵包剩得多，抓了三個便收手。范太太懶得開口，盯著她精瘦的背影上坡奔向路口。路的另一頭她的公公喃喃自語提著一只小鍋走來，到她面前反而不說話，鑽進店內陳列架間逐行繞了一週，回頭說：「孩子不多生幾個，魚越養越多，生意還做不做？」

范太太掀開小鍋，吸上一口辣味心都開了，突然辣氣緊鎖嗆起人來，「花多少錢，等多少年，才有范立，你又不是不知道，他養魚他高興就好，生意！生意！生意能有什麼影響！」

公公囁嚅：「水淹死他哥哥，他忘了嗎！」

兒時兄弟倆到溪邊玩水，哥哥不慎溺斃，前兩天范先生還告訴她，那溪整治成功了，沿溪築了一條單車道，他想跟范立去騎車。她再不要聽苦歷史，忙提鍋子進廚房，公公卻追著來。

范先生回來後，范太太說上黃昏市場買個東西往市場方向走，繞個大圈來到公園。果真如公公說的，范立最近傍晚常在公園納涼。她深吸一口氣躡腳靠近他背後，見他靜靜在看書，心底難受得像石頭壓著，走了兩步，又折回來緩慢湊近他脖子邊。

「嚇死我了，還以為一隻熊！」范立說。

她在范立身邊坐下，目不轉睛直視前方八棵樹圍成的一個綠屏風。

「公園變好多！懷孕的時候來散步過幾次。你要好好讀書啦！」

「你看！兩張都八十二！」范立從書包抽出卷子。「補習費放在抽屜裡！」

「天黑咧？」

「涼亭裡面那盞燈還太亮！那邊那棵樹有一隻啄木鳥！」

「去圖書館比較好啦！那不是那個印傭嗎？」范太太直指前方，走到輪椅和女傭後面。

地上散著二、三十隻雀鳥，爭食半空中拋下的麵包屑，一隻鴿子降落其間，女傭哼歌安撫雀鳥，拋下更多麵包屑。

§ § §

八點過後，馬路靜寂，范先生想，連打公用電話的女傭都不見了，她們現在有的是手機。他撕下水果箱的一片紙板，拿起簽字筆在上面寫得嘩嘩作聲。江小姐路過，問：「寫什麼？」「就丁丁也想養魚，他媽媽說不行，怕他不會換水，又浪費電，他們是單親家庭，我寫個養魚須知給他拿回去給他媽媽看。」

江小姐拾起紙板。

午後雷雨下了兩滴就停了，晚上特別煩躁，一熱就想看看水草在水中恣意游蕩，火氣馬上消了一大半。這種小魚缸其實很省電。抽水馬達只有2W。電燈13

W，一天最長只開8小時，好讓植物行光合作用。可與冷氣比較，以一噸的冷氣（約是九千W）開一小時用電是一度，專家說養一小缸每月用電不到10度。和冷氣一樣有清涼的效果，且是由內而外的……

范先生打岔，「他媽媽脾氣不太好！這附近有一個印尼女傭，只有她跟婆婆住，喔，她都聽歌劇耶，每次我去送東西，都聽到她在聽，她主人去美國了，很多CD都沒帶走！」

「真的嗎？女傭十八般武藝，臥虎藏龍！」江小姐說。

餐桌邊吃著涼拌毛豆的范立哼了兩句。

范先生驚喜叫著：「對！就是這首，我記得，後面飆得很高，你怎麼會唱？」

「是卡拉絲！」江小姐輕哼兩句。

靜靜吸飽一口氣，江小姐當真唱了起來。

范太太從廚房探頭招呼：「江小姐！請你吃豬腳，這口子做五十歲生日！五十歲生日要我們娘家幫他做……」

范先生回頭對她比了個噓的手勢。

二〇一一年五月十二日

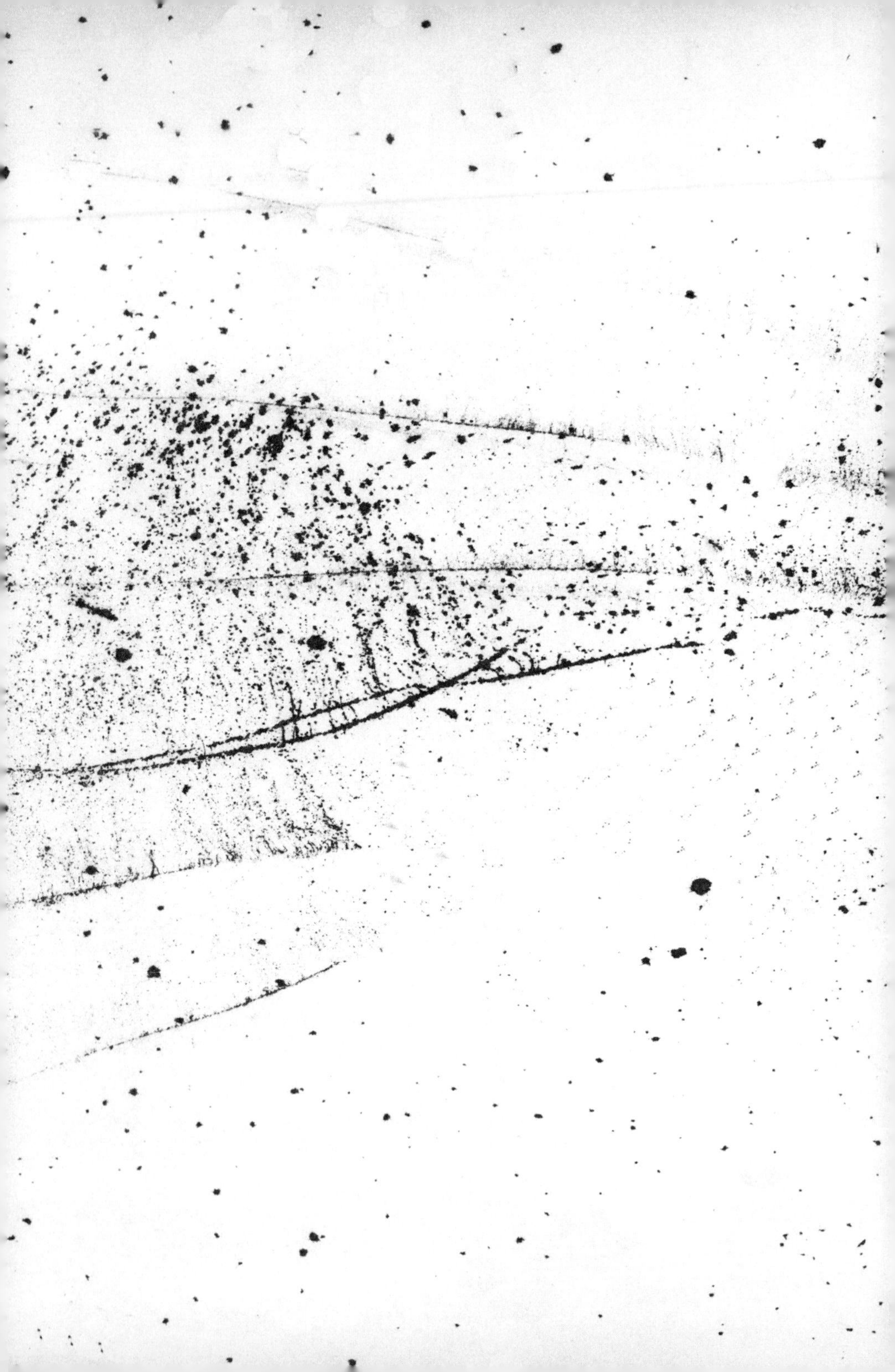

鴿子歌

1

四乘三，海報上十二個漂亮的失蹤兒童，一人一窗口，一張臉，五顏六色的領口。貼近的人在比較他們走失的時間、走失的年齡，現在幾歲了，再看看走失的地點有沒有就在附近的，並試著想像上面所描述的當天那永恆不祥的穿著。

公車遲遲不來，絹讀了一遍又一遍，不敢注視他們的眼神，匆匆過目；每隔幾分鐘就喚一遍：「媽！進來啦！」語調幾近哀求。

胖的人寂寞起來也龐大幾倍。她的媽媽背對來車立在公車亭外，一團影子，不見腳，陽光扛在厚甸甸的肩頭上，後頸的肉像蹄膀似的，腴白得叫人覺得刺痛。

2

悶雷如戰鼓在無光的城市上空敲了一下午，終於下雨了，正當下班人潮洶湧，躲進車龍裡的人甩開濕鞋子獲得短暫的歡快。

車幾近停泊，雨拍重擊車殼如叢林裡的非洲鼓，車底的人不停切換頻道，節節調高音量，對抗包廂外的干擾，逢上一首K歌欣喜若狂。

愛是漫長的旅途
夢有快樂夢有痛苦
悲歡離合人間路
我可以縫縫補補

「……之琳的媽媽說，」志稍調低廣播節目的音量，「要靠我們去把她找回來，媽一定會很高興，又不是什麼深仇大恨……」

身旁妹妹絹塞著耳機無動於衷。

絹還不大懂事的時候，和媽坐公車去添購針線是飲食以外最樂的事，經過那條黃河寬的大路，媽遙指對岸森然的公寓背面，「那一間啦！最愛紅色！」

半空中一格紅影，若非如此還無能分辨，臨近一口巨大的地下道，連人帶車吞了進去。

「誰啊？」絹拉扯媽媽的衣袖追問，看著她的臉自陰暗迎向光明。

「虎姑婆啦！」媽的嘴角溜出一絲冷笑。

及長，再問，媽不承認說過什麼。

陰暗的梯間，辮子姑娘的塔，兄妹倆不覺放輕腳步，但姑可能一直敞著門傾聽，馬上出來朝梯縫間俯探。據說她為甲狀腺亢進所苦，兩球凸眼彷彿就要掉進絹仰在高頂的嘴巴。絹本能地轉身想逃。

姑掐了掐志的手臂，打預防針的部位，一切盡在不言中。

家裡茶几底下有一疊姑和亭出遊及居家的照片，這個客廳是她們最常拍照的地方；牆上三幅童畫仍在，放大而立體，絹很想看清楚；姑冷眼攔斷她的視線，只好乖乖隨志入座。

姑在單張沙發坐下，青筋暴露戴紅寶石的左手把紅帖倚在萬年青的瓶身上。

才調整好姿態，姑跳起來往後頭去，回頭慌笑著撩開珠簾說：「竟然忘記切飯鍋！」

志仰臉張望，屋裡沒掛鐘，都八點多了。

「我媽也常忘記！現在有一種定時自動煮的，我先去買點吃的……」志立刻起身。

「不客氣，外面吃不慣，菜都有啊，我是不常忘，今天真的是……也不餓，昨晚失眠，白天睡晚吃晚！」姑撫了撫倦累的茶褐色髮絲。

「姑都沒什麼變，還是這麼年輕！」

鮮少受到讚美，像蜂扎了一下，姑笑說：「我都年輕，那城裡沒有老女人了！」又不捨就此斷了這難得的話題，笑嘆：「你怎麼知道，來的時候還那麼小……」

「看照片啊！去淡水坐渡輪……」

絹受不了每見一次就更世故一些的哥哥。

與媽同年的姑，不算老，但也稱不上年輕。眉骨峭聳，兩眼不但凸且開得像鮟鱇魚，加上一隻尖挺得像洋人的鼻樑，奇小上斜的鼻孔，一張絕無好話的垂嘴，剛點的紅唇像未凝固的血吻。紅白條紋線衫頹圮在沒有脂肪只有棉墊的胸口上，橫紋擴張不成，更顯平板。幾天前絹才聽電視上年輕刻薄的女醫師形容有的女人簡直是「零罩杯」。總之，一種小姐的老，老得不得其法。

雨椿封鎖，不覺高聲熱絡，托出喜氣。

姑姪倆的話題不約而同跳過那年夏天的重逢。七個多月剛學會坐即寄居祖母家由姑帶大的亭，直到爸最後的日子，媽去了一封措詞強烈的信，姑帶來一個年近十八的少女、六顆紅蘋果和一個紅包。決裂多年的姑嫂相見無語。

媽背對著人，厚實的肩背規律起伏，像隻沉睡的母獅十分危險。丈夫病危也不見消瘦，內衣印子繃得好緊，勒出兩圈肥脂。過後媽在絹面前嘀咕：「還穿一身紅，紅毛蕃！」

趁亭去醫院陪爸，媽偷翻她的東西。

「你爸就是欠她，什麼都讓她，真孝順！黑衣服都準備好兩套，來等你爸死，怕無聊，還帶小說！」

護士趁爸精神稍好時附耳告訴他：「你女兒真孝順，你睡著時一個人坐著流眼淚。」也告訴媽。

媽多少是安慰，卻也疑心是那些書令女孩兒多愁善感。

三本袖珍的世界名著裝在一只拼布背包裡，書末註明購書時間地點，簽名留念。有十一歲時買的，也有兩天前剛買的，筆跡相似，名字不同。不知是少女自取的筆名，還是又改了名字。三歲時在姑主意下改掉婷字的女旁媽是知道的，戶口名簿也有註記。絹多少受影響而不喜歡女字旁，高中畢業提出了改娟成絹的要求，媽至今不知道這兩個字發音不同。

媽拿近細看。夏日郊遊野餐的布包，裡頭輕輕鼓鼓的塞有毛巾、面紙、衛生棉。應當是她姑親手縫製的，看得出寶貝著使用，小心洗濯，雖舊，藍白分明，雲是雲，天是天，熱氣球上有彩虹色瓣。這時候背來別具意義。

牆上三幅童畫之一即是那布包圖案的藍本，絹斜眼偷瞄。

亭週歲時回家慶生，抓週抓了把尺，事後姑來電說在她那裡抓了兩次都是書。這種事多得是。牙牙學語，姑教她叫「咕咕」，祖母糾正，哪有人先學叫姑姑的，先練習叫爸爸媽媽，學會了在電話裡叫兩聲，往後盡衝著姑姑叫媽媽，帶出去又羞又喜，同棟樓知道她離過婚的不幸都早逝，模稜兩可默許她叫馬妮。

米浸泡整個黃昏，不一會電鍋按鍵跳了起來，快到連姑都有點錯愕。蒸氣四溢，挾著他們伴手的蜜桃香，家庭的溫暖濡濕了人中上的汗毛。

志說：「泰國的香米！我未來的岳母也愛吃。我媽就吃不慣。」

姑哼地笑了一聲，好似在說「她呀——」

兩人份的飯，大約一杯米。跟我們一樣，絹想，其實七、八分滿就夠吃了，預留一些做鍋巴灑糖吃。

「真像你媽！一個模子！」姑斜勾下巴指絹，跟志打探著她的學歷工作，口頭禪似的，「很好啊！」「很好啊！」其實樣樣不如亭。

風扇不開，悶得像沉船。也許這就是姑的用意，讓他們知道這時刻有多難捱。絹兩手在背後鼓振著腰間的衣擺。搧著搧著飄浮起來。新換的綠紗網，涼意和氧氣一格格清清楚楚的透進來。紗門左側屋角，擺著裁縫車和藤椅，對講機、電話、信插、收音機全在可掌控的周邊，彷彿駕駛艙。

兄妹倆的默契，事成才告訴媽。第一次正視姑的眼睛絹就知道不成了，但看到被車針釘在裁縫車上的韻律服，兩塊衣板子像下體相接的連體嬰，又忍不住想透露。媽一定很吃驚，不相信，說她看錯了。她會舉證相簿裡有一張照片，三歲的亭綁兩個小辮，把一件韻律服穿到腳踝，就是這種保守款式這種深寶藍色，銀髮外國老婆娘穿的。

絹終於相信亭告訴她的，每日車著同一件衣服，補償心理，所以三天兩頭給亭添購新衣。而絹恰好相反，媽最畏進服裝店，女人的樂園卻是她的牢籠。

裁縫車的平台油黃得如膏了琥珀，據說是祖母留給姑的，還有一些最基本的家用車縫技術。媽嘲笑是三腳貓功夫，使得絹不敢稱讚那布包好看，她也想要一個。

藉看雨停與否，絹溜出陽台。鐵窗上掛著兩個紅色中國結，下方窗架上兩盆草本植物枯得只剩一截乾腸，爬藤用的蝴蝶木插立著掉漆。

隔層紗便是雲霧外了。裹了腳的聲音，姑直望著絹問志：「怎麼走路怪怪的？」

「有嗎？喔！可能剛在樓梯拐到腳！」

「嚇我，怕是遺傳……結婚前阿媽拜託人去打聽過，天生的，要說是車禍就車禍……」

雨漸停。幾隻雨喙子啄啄啄。

絹聽在耳裡，故意低頭朝樓下哼歌兒，好充耳不聞。有個女人在樓下抽菸，一點紅星夾在修長胳臂末稍，煙雲白茫茫暈散上來。

「不是就好！你想想看，要不是亭來跟阿媽住，說不定就兩個，哪來有她……」

絹大動作轉身，兩肘後撐，一條腿縮起來抵著圍牆，凝視迎戰姑的目光。

姑向後靠，睨了一下手錶，抱起胳膊，挺胸直背。

「怎麼這麼晚？雨停了咧！」

「雨停了……」志呢喃學語朝門外張望。

紗網外，熊熊火鶴，兩隻黑蜂盯著人。

絹有備而來，大橘大紅相間的荷葉邊上衣，那位沈小姐日本出差去了。刻意選這顏色，是討好還是示威，自己也不懂。「這衣服漂亮！誰說胖的人不能穿荷葉邊。」姑對她說的唯一一句話。

「叮嚀好幾次了，不回來，電話也不接……」姑自言自語。

「姑你可以給我姊姊的電話嗎？」志問。

「我再叫她打給你！」

「姑你休息吧！」志又望了望門外的絹。

絹在口腔內沉吟：「哎呀呀呀呀……咕咕嚕咕咕……」

3

固定這個時間，七點半鐘，樓上澆水灑落在樓下窗口的遮陽板，好似大隊青蛙蹦進耳窩。絹貼這面向東的牆睡。灼灼夏日，早出晚歸各淋浴一回，遵花商之囑，濕透滲出才算數。亭回來同住時每聽見這聲音都迷糊呢喃：「下雨了！」打那時候開始絹貼著牆睡。床上一道鴻溝。

媽頗有微詞，水濺到她的裁板上來了。幾小格光斑閃閃，一層虹膜封住塵灰的紗網，絹覺得挺可愛的，湊著嘴尖去吹它。

這麼早就有客人上門改衣服。說是昨晚拿來，回去有點不安心，清早作夢，為裁去的蕾絲懊悔，早早就想打電話過來，怕吵到人，超商買杯咖啡，走走晃晃才來。

「我四點多就醒了，五點就起來了！」

「那時我還在作夢！我知道沒那麼快改，怕萬一心血來潮……」

「真的差一點，昨晚精神特別好，改的那件也是黑的，我知道你沒那麼快要，想說不必換線，順手，噢，剛好電話來，那個小姐都比較急，隔兩天就在討了，她都有一些重要的事，要穿漂亮一點，不一定是放假日，我也怕誤到人家，我女兒去幫我買一本簿子來登記，也怕人家說一說忘記，登記起來，幾月幾日，幾點也要寫，早上晚上就差一天了，說要改怎樣，寫完叫她看一看，才不會空口無憑！」

「不好意思，出爾反爾，我不急，也不去哪裡，買好久了，本來就是買來改的，一直放著，買的時候也花不少錢，還是天人交戰掙扎過才買的。」

絹躲在房底聽她們互訴煩惱，趴著比躺著聽得清楚，眼睛一定要閉上。最近媽心煩的是一樓租人開便利商店，隔間樑柱都打掉了，在腳下砰砰砰，好像在砍你的腳，又樓上老先生說死就死，兒子把老太太接走，現在準備將樓上三間房改成五間來租學生，這公寓有四、五十年了，女兒在這裡生的，也三十二了，這樣打來打去，新房子都不堪，何況老公寓。

三十二？顯然說的不是絹。絹閃了神，聲音還是媽的聲音，馬虎隨和的鄉下腔口全不見了，掏心的對女人說起另一個女兒的事。附帶叮嚀別跟附近鄰居說，尤其雜貨店，附近沒人知道，或許忘記了，她還有一個女兒。

「我兒子就跟我說，就當沒這個人！」

「你不是說，就當沒這個人！」志要絹陪他去送喜帖，絹也回他這句話，絹很驚訝媽亦放在心上。

出殯日起天天落雨。「可見你爸人多好！」媽說。電話鈴響個不停，媽教他們兄妹別接，祖母打的，來要長孫女回去安慰可憐的白髮人。絹叫媽來看，有個撐粉紅雨傘的人已經在雨中站了三天，媽踩著裁縫車說：「就是有人愛淋雨！」

亭不告而別。志用那句話安慰心碎的媽。她趴在裁縫車上聲淚俱下。這個時候也只有堅強的裁縫車撐得起她。隔天是亭的生日。

「喔！當時年少無知！」志甩開頭去，「你別老是記這些不該記的！」

然而絹確實記得。躺在床上亭像他鄉夜雨和萍水相逢的人聊起童年。她小時候體質虛常尿床，雨夜必尿，為此常得掐著鼻子喝中藥。不知是否這緣故，亭長得一副娟秀中國樣。她的馬妮一天到晚洗床單，好不容易存錢買了一部烘乾機。小六畢旅初次外宿還偷偷包了尿布睡覺。這是祕密，連馬妮都不知道。

那個生離死別的夏天絹初經來潮，也只有亭知道。她從那只布包取出衛生棉給她，趁媽去買菜幫她洗淨床單上的血漬，不著痕跡的晾在陽光下，一如馬妮做的。

搶救蕾絲的女人也有一個女兒出走與媽媽恩斷義絕的故事，聽起來比亭的事更加哀傷。

「她說她最記得小時候爸爸工作很辛苦，有一次在台北坐上火車，一站而已，一坐坐到台南才醒來……」

絹緊閉雙眼，一隻耳朵枕在合十的雙手上，感覺臉歪得厲害，一邊壓縮了，另一邊膨脹，冷縮熱脹的感覺卻相反，對空放大的那隻耳朵像朵海芋，冷冷的盛開。

竟然在悲傷的敘事中又酣軟地睡了一覺，無比驚奇，勤儉的媽從小即教育她，「醒了就是醒了！」

缺角泛黃的馬克杯立在餐桌上，絹輕輕一揮，卑微的小黑蟲自杯緣騰空而起。

「今天會熱死人！」媽離開房間，目光遲滯，走向浴室。

絹走到媽暫時離開的房間門口。七、八歲她就學會這個姿勢，一肩傍門邊，兩手交叉抱胸，一隻腳離地輕擱在另一隻腳上面，打量這房間。

「美女工作室」。絹用軟木塞做了一塊招牌掛在房門口。美女是媽的名字。媽把最好的時光最好的房間給了衣服和裁縫車。燦爛的液態陽光裡，漂浮著亮片、燒花和流蘇的彩紋，假想的熱帶魚、海葵和水草。罩塑膠套的水母。裁縫車、拷克、滿是衣物的床和櫃，千奇百怪的珊瑚礁。

她確曾來過，平台上躺著一件黑色薄紗洋裝，蕾絲附著於袖緣裙擺，透明華麗的魚鰭。

4

「媽啊！你到底有沒有看啦？報紙都黃了！」

「你講給我聽就好啦！」

「一定要用看的！你看完我放一首歌給你聽。」

衣針釘著一張剪報在美女工作室的軟木塞上。

英國母賽鴿「布默蘭」的原主人瑞爾登現已七十六歲，十年前他把布默蘭送給西班牙南部的朋友，但布默蘭馬上飛了一九二〇公里回家，當年便名聲大噪。

瑞爾登又把布默蘭送給約克郡北部傅利市的另位賽鴿飼主，布默蘭仍然回到瑞爾登的鴿舍。最後在一九九八年，瑞爾登把布默蘭送給住蘭開夏郡的朋友潘寧頓，此後瑞爾登便沒再看到那隻母鴿。

直到二〇〇八年六月十五日英國父親節，瑞爾登瞧見一隻髒兮兮的鴿子直直向他走來，原以為是隻迷路的鴿子，查看鳥兒腳環，知道是布默蘭，瑞爾登幾乎驚倒在地。

5

「昨晚十點半去買咖啡，看你燈還亮著，本來要上來，想想算了！」

「燈有亮上來沒關係！昨天老師在講空巢期，人在家裡怎麼算空巢期，要走出去，讓巢空一空。嫁來北部這麼久，也沒交什麼朋友，現在去補校讀書，想要交朋友，晚上都會弄得比較晚，不要告訴別人。」

「沒有別人，讀書是好事啊！」

「怕闖空門，蝸牛出門，怕這個破蝸牛殼被偷。」

「既然還沒改，那就照原先說的，把蕾絲拿掉算了。」

「那我再放一個禮拜，等你決定好……」

「不用，不用，改腰身，蕾絲不要，忠於初衷！這你的英文課本？」

「英文字都不會念！」

「Spring！Summer！Autumn！Winter！你叫你女兒幫你寫大字卡，像畫圖那樣把它畫出來，屋裡到處貼，小時候我媽就是這樣教我背唐詩的。」

6

絹銜著進辦公室，扭開收音機，趕聽這一段片頭。

森林裡　可以飄浮　可以坐著
森林裡　可以傾聽　可以觀看
森林裡　可以放莫札特　可以呼吸（德布西？）
粉紅色森林
我們和音樂都在裡面

這時候輕輕拉開窗簾，蚯蚓般爬梳的聲音和文字，紡織金色光線，她每每希望這是間畫室、舞蹈教室。來參觀的爸媽都中意，挑高的空間，落地的長窗，但孩子並不在這邊活動。

收音機和喇叭是絹自家裡一路抱來。哥擅長修理，家裡電器少有汰舊換新的機會，還撿別人家的來醫治。她聽古典音樂電台，喜愛早上十點鐘不全然古典的《粉紅色森林》，好幾次碰巧聽到Caetano Veloso的〈鴿子歌〉（Cucurrucucu Paloma），她抱著收音機和喇叭一路哼的鴿子歌。

主持人叫雷光夏，大概是夏日陽光普照之時出世的女娃，聲音微沉，悉心善意，如霧中風景長灘的沙浪。常常第一句話先回想外面今天的天氣、今天的季候或節慶，壓印成淡淡的風景明信片。現場節目，沒有時差，使人疑疑地轉臉面向門窗。停班停課的颱風天則在風雨的枕畔聽她描述前往電台路上的景象。

她總錯過她暫別的留言，聽見是代班的主持人，不免悵然，有被放鴿子的感覺。她消失至少一個禮拜，星期一忽然消失，星期一忽然現聲。同事波波說她離開台北去旅行，或者閉關創作去了。不說也知道，絹不在意的喔了一聲。其實她在二手CD店買過她的第一張專輯，一陣子常聽，過後就不再拿出來了，純真得悽悽惘惘。

波波轉述一個離島同學講起雷光夏某年夏日遊蹤至海濱，她們起先不知道她是雷光夏，雷光夏是誰，知道之後就叫她唱歌給她們聽，她清唱，在星空下，海邊的老屋。

名人總有遙遠國度的友人，有一回她出走一個多月，據說隨爸爸去南美洲友人家度假休養，歸來時在節目中播放她在旅程中錄下的聲音，有歌曲和樂器，有純粹市井聲影，用罈甕裝了回來。這在絹心底引發小小的悸動，也更堅定絕不上網搜尋她。她爸是畫家，也是作家，報上也曾刊登她的散文。有時還出現在影劇版，她親愛的爸爸說她，愛唱歌是遺傳自媽媽，自小愛唱，「我曾經擔心她長大就不唱了！」這句話好令絹妒忌。

新來的班主任薩賓娜請絹別在上班時間聽廣播，「那個主持人，說真的，我上班第一天就受不了了！哪有人講話那樣子的！」一個禮拜後又請她交出鑰匙，「我現在在減肥，越起越早，乾脆我來開門，劉總也比較沒話講。」

張先生把團膳推進來，照例離去時被中午放學過來的孩子們堵在門口，一副虎入羊口的景象。

洗手、打菜、吃飯、刷牙，鋪睡袋，孩子們在沒有窗的教室躺下。語音忽然斷滅，像灑了一地珠子，沒有空隙，沒人敢走。安琪兒獨自在落地窗邊的會客小圓桌午餐。她微駝微禿的爸爸特地來交代，瞇眼雀斑的媽媽不時電話關切，「別催她，讓她慢慢吃！」

小美人兒的櫻桃嘴一天比一天小，咀嚼速度一天較一天慢。據說是四歲那年夏天度假時給蛤蜊殼哽到，從此有吞嚥恐懼，吃個點心花個把鐘頭是家常便飯，布丁也不例外，小兒科、耳鼻喉科、腸胃科、心理醫生都看過了。在安親班的這餐吃得好少好少，幾乎雀鳥的食量，她不說，安親班敷衍：「還好啊！」

薩賓娜微笑走到安琪兒身邊彎下腰，兩手抓住併攏彎曲的兩膝，臉湊近說：「你有沒有聽過——人死了以後——要把活著的時候——糟蹋掉的食物——統統吃掉！」

安琪兒面無表情。

爺爺在外面敲玻璃窗，雪白銀髮閃閃發亮，眼睛完全睜不開。安琪兒機械式的轉過頭去。爺爺進來給她披件針織衫。安親班大大小小她穿著最講究。ㄩ字領，無袖純白短洋裝，裙擺繡著一枝枝小花。薩賓娜想翻看她頸後的商標，她蹬腳站起來，一雙駝色中統靴。「喔！這什麼皮啊！」薩賓娜蹲下身去。

絹坐在櫃台與安琪兒遙遙對望。寂靜咀嚼，茫然思索，看著令人發毛。

絹問朋友，也囑朋友回家記得問媽媽，有何法子可幫助吞嚥，自己的媽冷漠無言，忙東忙西，好一會才邊走邊說：「她小的時候就最喜歡含飯，人家寵的，說她一句就要哭要啼，我就講，下次再看到含飯，就要一巴掌打下去！」

7

薩賓娜頂著大白帽像隻顛倒的白鵝外出開會去了，她們偷聽《粉紅色森林》，麥可傑克森遽逝，雷光夏播他的〈Beat it〉，說這是空前也是絕後了。一聽是麥可，波波連忙調低音量，只覺有個人在音箱裡一撞一撞的。

8

安琪兒請病假，薩賓娜坐在安琪兒吃飯的小圓桌邊，白褲及膝，兩腿交錯，針織短罩衫裡著白色毛巾布小可愛，胸口勒個蝴蝶結，頭髮沒打理，跟櫃台要橡皮筋綁起金色一撮。

杰老師告假回美國，薩賓娜將代課三個禮拜，交接完，薩賓娜念了一段課文，要杰老師糾正她的發音。然後說起她的大一英文老師是個修女，給她取個英文名字她不喜歡，後來認識一個看《生命中不能承受之輕》的中年男子，乃改名「薩賓娜」。離修女老師遠了，回頭補充：「有一次下午課，我昏昏欲睡，夏天，老師當著全班同學面前說我像夏日最後的玫瑰！」聽來這是她喜愛的一個形容。

一陣沉默後又是說老師，彷彿是備好的話題。說她國中時有個時髦的英文女老師，不知道是太寂寞還是怎麼的，某日對牛彈琴的教他們那些鄉下傻學生說了一句輕挑的英語，報上看來的，「You are some dish!」意思是「秀色可餐」，他們連這個成語都有理解困難。薩賓娜說著朝櫃台這邊一笑。杰老師在語言中心學中文，問怎麼說，薩賓娜跟他要手機來寫，他推來一張白紙，她嫣然一笑，寫下「秀色可餐」四個字，自動自發到書架上拿字典，想查給他看。

9

十點鐘的日光熱烈得幾可焚燒十字架，絹背著烈日兀立在門外等候薩賓娜，新近張貼在走廊下的廣告「溫背脊」原來是這麼回事，頭皮也曬麻了。像安琪兒的爺爺那樣把臉貼向灼熱的窗玻璃，頓覺髮膚亦成雪白。

百葉不織布的窗簾縫隙間似有什麼躲著，她趴在窗玻璃上，努力張望探視時耳朵完全失去功能。

「進來啦！」劉總惡聲嚇醒她，「鑰匙你拿！」

「薩賓娜呢？」

「金玉其外，敗絮其中！」

「什麼？」

挨了白眼，絹轉身拉開窗簾，陽光如金玉在屋外閃爍。

薩賓娜不明原因離職，波波幸災樂禍一上午。

「其實我並不討厭她！」絹說。

「為什麼？騙人！」波波不以為然。

十月的日光偏斜，十月消失在落地長窗裡的還有雷光夏。夏日盡，粉紅色森林遭砍伐。波波嚷著要撥電話去電台問為什麼。

10

水自頭頂沖下，世界一片黑白。水融融的淋浴聲中媽沉沉睡去。曾有一回為了追日劇草草洗洗，媽竟輾轉難眠，絹只好再去徹底洗澡洗頭。水融融的催眠曲。小舟沖毀在瀑布下，板塊流入池塘，安定在浮萍間，再大的風也吹不動。

她一絲不掛走出浴室，走向美女工作室，滿月的月光托出哺乳婦般豐滿的乳房，冰涼的胴體像磁鐵吸引著周圍的衣服。為了這些美麗的衣服，她逼自己看安琪兒吃飯，一口飯含五分鐘，看就飽了。

桿子上像大串彩色翳鬟的是等候上裁縫車的衣服，從地攤貨到名牌衣都有，每日一衣，只要拉鏈拉得上來，什麼都穿，飄逸的裙、洋裝尤佳，難得也有娃娃裝，招攬更多晚風。

她準時十點出門，散步到新家給絲河菊澆水，聽鴿子歌。八百步外，媽用半生積蓄買的房子放空兩年，不出租也不許在外面和女友同居的志搬進去，非得等到結婚。偶爾志來跟絹拿鑰匙，去新家渡個假，過後她總嗅到一股男女獨處後的虛悲，枯萎的保險套尤其厭惡。有一次身體不舒服，洗完澡稍好，看到這種東西竟吐了起來。

上個星期她說服媽趁哥結婚前去住上一晚，枕頭都抱來了，半夜兩點睡不著，母女倆等著對方開口說回去。

志婚期將近，持續在搬家，準岳母看好黃道吉日，明天正式入住。今晚是她最後一趟夜間飛行了。也許明晚此時會有些想念，眼前毫無不捨，日漸增多的物品如緊鑼密鼓，毀壞美好的寂靜。

一個人乘電梯上，又一個人乘電梯下，像布偶給揭高給隱去。她走出電梯如同CD退出卡匣。那個常和她在電梯裡相遇道晚安的中年男子，她竟一點也想不起他的長相，但聲音記得。「散步啊?!」「回來了！」他總說。具備故事開端和偷歡寓所，好像不那麼做就對不起自己，有一回他假裝不小心碰到進而撫著她的裙說：「我是不太懂，光看還不曉得，這料子真好，摸起來很舒服。」「可惜，這些都是偷的。」她說。「哈哈哈！偷得好。」他說。

她又乘電梯上，側臉貼著冰涼的鏡子，不看自己。電梯停在新家的樓層，她按下，正哼著鴿子歌，進來一個中年男子，他一手拿燈桿一手拿燈座。兩人互看一眼。她用CD托著花盆。臨去時互道晚安。

夜色凝美，她走過小公園，刻意經過座椅上一對白衣戀人身邊，剛剛她在樓上陽台看見他們沉醉在愛河裡，時而像兩朵小茉莉，時而成一朵白玫瑰。

回到巷口已經十一點四十九分，她踅進影片出租店胡逛。

美女工作室的紗窗亮著，整座公寓側面唯一的窗光。任何一個窗子亮燈都沒它好看，它在公寓眼睛的位置。為新家之旅打上句號，今晚特地開燈。

媽說如果再有能力，會在附近再買間新屋給她，否則也有這個老窩。「不需要！那要再改幾屋子衣服！」絹說。「對啊！等都更，也是新的。」媽說。

開門時有個人立在絹背後，樓下超商燈火通明她並不害怕。臉一偏瞥見是個似曾相識的居家女人，就讓她跟了進來。

二樓梯燈一眨一眨，絹一步她也一步的緊跟在後，插在腰身兩側作記號的大頭針，膝蓋一抬高就扎一下，突然聯想到變裝色情狂。倒是她先遲疑，站住不動。絹背上熱辣辣的，到家門口，轉臉向她。

三十歲左右高挑的小姐，蹙眉，戴黑框眼鏡，頭髮半長半捲，一手抓著紅色扶手的彎曲，另一手握著咖啡杯，張嘴仰望七個階梯上的絹。

她喃喃：「我看她窗戶還亮著……」

絹反射動作掐熄梯燈。「那只是小夜燈，她晚上幾乎看不見。」

上下樓層疲軟的燈光在她們背後泛著月暈。

她又喃喃：「看不見……」

絹確認這聲音，搶救蕾絲的女人。同時也反應過來，不就是剛在影片出租店裡逛來逛去的女人。

她喃喃往上移步，「我只是要告訴她，蕾絲還是留著好，要不然我怎麼認得是我的……」

她伸手想抓絹的裙襬，絹轉身大步向上登，花盆摔在地上。

她也弄灑了咖啡，發出懊惱的呻吟。

絹衝上天台，兩手扠腰遙望遠方橋上奔走的星光，腰身兩側的大頭針扎著身體。

她追到門口站著不動，大概一分鐘後，她說：「我不會告訴你媽，你趕快下去吧。」

這種被拆穿的情況絹想像過，夢過，終於發生。她把頭對著放在地上的ＣＤ側躺下來哼歌，升空的氣球被一針戳破，反而有飄昇的輕快感。

進到屋內，她一掌拍熄工作室的燈，避免看見裡面的景象恍似魚群暴斃的水族箱。摸黑脫去洋裝，用白色衣架將它撐起，照明燈般的提到媽房門口，睡姿沒變，一座模型丘陵。

掛在露台上的黑紗洋裝彷彿一襲影子，衣身上有淡淡煙塵，絹抓起一旁媽的扇子，搧衣也搧自己。停手向下探望，路上空無一人像一張大眠床。「哎呀呀呀呀！」喉頭上微弱的歌聲像煙一樣壓抑不住。對面大樓有人因而跑到露台上張望。

她回房捧出一個餅乾鐵盒，把剛剛取回的鴿子歌ＣＤ放進盒裡。裡頭已有一張影印上色的鴿子布默蘭的剪報以及一部有一個小帥哥和一群鴿子盤旋在小鎮上空的波蘭電影。還有朦朧的月光。

11

她把鐵盒抱壓在胸口，一路哼歌，趁同事尚未出現，窗簾半閉，靜靜的用收藏的手工紙包裹鐵盒，包一層扣一次，如鈴鼓，鐵的質地仍在，鐵聲鈍了，人卻恍然靈光。這樣行不通！搭火車到一個寂寞小鎮，找他們的小郵局投遞包裹，天真的以為即使姑擅自打開，郵戳和內容物只會令她莫名其妙，但亭必懂得。

她等著一個像遊民的老男人走開才靠過去，公車亭裡換了一張失蹤兒童海報，她詳讀描述，細看他們的眼睛，老男人湊過來說：「那找不到了啦！你看，這個都幾歲了！」

她在姑姑家對面的藥房和教堂之間徘徊，看下班返家的人、趕垃圾車的人、買醬油的人，也看從盆栽溜落地面越界生長到路邊的花草。三樓露台簷下紅衣藍褲，配襯外圍的鐵枝，每每想細探有無人影，便覺它們像旋轉木馬在轉動，再抬頭，它又平靜得有如蓋了郵戳的郵票。

「姊姊，你又忘記帶鑰匙了喔！」第二天，除了回收婦，還有個男童認出一襲黑衣的絹，「氣象報告說明天要下雨，降雨機率百分之九十，明天要記得帶傘和鑰匙哦！」男童叮囑她。

聲勢浩大如同洩洪，盆地裡到處滂滂滂，不絕於耳。安琪兒穿來一雙長筒花雨靴，波波羨慕的蹲在她腳邊問，「這有沒有大人的？」安琪兒說：「我就是大人！」昨晚回家途中絹興起放棄的念頭，今天卻義無反顧，防水背包半濕，波及裡面的包裹，包裝紙上的熱氣球像洩了氣。

傘柄斜傾在肩膀上，絹匆匆仰望，眉眼到胸腹迅速給貼上一塊涼布。三樓燈亮著。男童在簷下看見她，抓披黃色雨衣衝過來，突然給機車旋風似的一帶，摔在路上。絹急忙將他撿到傘下，往路邊攬。白髮老婦兇巴巴過來把她手揮開，抓回男童。盯梢使人丟了魂魄，絹失神杵著，切進社區馬路的計程車濺了她一身。她把背包抱到胸前，重重敲了幾下。

如果搭火車南下，包裹也許已經寄達，說不定就是今天，殊途同歸，難逃雨打的命運。絹邊往回走邊想。剛放下客人的計程車徐徐與她同行，她白了它一眼。迎面一枝傘，傘下的女人瘦骨嶙峋，擦身而過傘碰傘，絹凝望她的背影。另一枝傘下，男人攙扶女人走向公寓大門。

轟地一記雷打在頭頂，她認得那個撐傘的男人，他最親密的東西她都看過。她撥打他的電話，看著他們關上鐵門。

閃了兩部車，她衝向那棟被她的目光打得千瘡百孔的公寓。

「你找哪一樓？」回收婦毛毛潮潮的蜘蛛一樣無聲靠近。

「五號三樓！」防人欺生，絹沒好氣。

「五號三樓找誰？」悲微的瞳孔放大，聲音卻壓小，「他們小姐搬出去了啦！不會是找她媽吧！」回收婦老駝的食指在她面前搖晃，瞄準對講機的按鍵，又抽出來對絹比劃強調，「剛有跟一個男的回來，才剛剛！」斬截一掐，語調輕快，「回收喔！」

絹極不願碰觸回收婦身上那飄薄的便利雨衣，她似乎蓄意慢慢來，絹強擠開她，按了電話貼在耳上，鈴響、心跳和腳步聲都抓在手上。上到三樓，用力按壓門鈴，啾地長鳴不斷，逼近的空襲。

果真是志！準新郎為婚禮打理好俊俏的髮型。他做了一個往外撥的手勢。

絹嗆問：「為什麼？」

志抿嘴，緩了兩秒才作聲，「姑住院，昨天出院，下午又去急診。」

絹知道姑躲在裁縫車邊偷聽。還有回收婦，靜止在樓梯上。

「不敢開門是怕我把你們吃掉嗎？」

「你別這麼野蠻好嗎！」志兩手扠腰，臉別向窗台。

「叫她給我地址！我姊姊何亭的地址！去叫啊！搶別人小孩的人。」絹搥打鐵門。

半個鐘頭後她來到一個擁擠的社區，雨躡手躡腳的。

冷氣超強的計程車上凝膩著油蔥味，誤餐的肚子強烈反感，絹搖下車窗，司機客氣提醒：「小姐！窗！下雨！」她偷留一小縫窗，手指一直攀在縫隙上透氣，濕鞋襪像水蛭吸附著，她怕拿開後再放回去那種痛苦，就一直顛著腳，以致下車時手腳麻得彷彿不在身上，彷彿跛了。

司機打亮頂上小燈，移開眼鏡，判讀陷在皺摺中的地址後複誦了兩遍。她在路燈下攤開那張小紙，只見皺摺和陰影便摺了回去。

司機已準確的把車停在地址前面，她不相信這麼順利，肚子餓得咕咕叫，仰望五樓，一面黯然，外罩的屋簷好似戴帽的巨人俯瞰著地上，露台鐵窗內參差的植物像排瀏海。

不遠處有個不設防的光口，果然是傳統雜貨店，她買了一瓶鮮奶，銜著吸管穿梭在亂中有序的雜物中，買了一雙拖鞋換上，老闆問：「剛搬來！」她吮著鮮奶點點頭，瞥見時鐘將近十點。

頂樓依然無光，隔著梯間，另一層頂樓同樣凍結於黑暗。中年婦女尤為謹慎，絹可不願意向她們開口，等到一個穿制服的中學生，不消一句話就鑽了進去。公寓雖舊，樓梯卻很乾淨，她跟隨他沉重的爬上三樓，克制著想搔他黑色大書包的欲望。越過擺放鞋櫃狹窄的四樓，絹按壁上燈鍵，依然黯啞。她小心的掐了左邊的門鈴，膽怯渺茫一短聲啾。

她蹲下來把背包裡的包裹掏出來擺在門口。

有個女人進來了，邊走邊說，音箱裡山洞裡的聲音，有毛邊的回音。不是一個人，是一對情侶。男人說了一句，女人話就急了，男人想解釋，女人一笑，就不必了。

絹告訴自己是亭的聲音，自己也不相信還能記得，但越近越像，像在床上耳邊。

她吞吞吐吐拉上拉鍊，裝鞋的塑膠袋嘰嘰喳喳。她匆忙下樓，新買的拖鞋沒勾上，回頭看見傘也沒拿，手機響就讓它響，故作從容酷樣走下來。情侶沉默貼靠著牆壁讓她先行，她拿起手機，和假想的亭並列在階梯時媽的聲音從手機裡傳來，大到他們都聽見，都笑了。「十點了！你怎麼還不回來？」

絹沒有看她的臉，只瞄見白色的衣服，灰色的牛仔褲。斑駁的牆壁弄髒她的衣服，男朋友拍打她的背。

絹逃也似的踩完那條樓梯，衝出公寓去看亮燈的是左邊還是右邊。接近尾聲的雨絲飄在她仰起的臉上，五樓兩隻眼睛依然矇著黑布，手機鈴聲再度響起，她快步朝大路的方向，笑著回頭張望。

二〇一〇年三月十五日

非犬貓動物醫院

禮拜天午後，她走到瓦斯爐前低下頭來，默念「向上！向上！」接著她輕快地回門邊套上涼鞋，關上第一道鐵門隨即又把門打開，赤腳跨過仿莫內睡蓮的踏墊，走到瓦斯爐前低下頭來，用光禿的拇指指甲摳著點火開關，默念「向上！向上！」開關上端有個小小凹陷的三角形記號隱約積著黏黏的油垢，尖角朝上代表熄火。她張開掌心貼向水壺，偏著頭探看，索性把水壺提起來，確定爐嘴上面沒有火苗。

超商店員把零錢放到她掌心，她拿一百塊買一份報紙，要求找十元五元一元的硬幣，零錢包頓時飽滿。

超商隔壁是一間隱密性極高的「非犬貓動物醫院」，門上不明顯的藍色小字寫著，「請電話預約，恕不接受現場看診」。但沒有留電話號碼。黑色玻璃隔熱紙大概有兩公尺高，上面看似無法看到什麼，還是使人想踮腳。

她站了好一會，始終沒有人冒昧往柵欄裡闖。從裡面出來的人也配合著保持某種神祕氣息，門推開一點點，人是被夾擠著出來的，臉上泛起甜美微笑。她鼓足勇氣走向提著一隻粉藍色塑膠籃走出來的胖小姐。

「不好意思，方便給我動物醫院的電話號碼嗎？」

友善的胖小姐把號碼背給她，問：「禮拜天特別門診兩個月才一次，那你要看什麼？」

她楞楞的答：「兔子！」

瀏海遮住眼皮的胖小姐興奮的叫著把膠籃掀開，裡面一大叢長長白白的毛海，「那你的是什麼兔？」

「彼得兔那種的。」她說。

「那你怎麼會不知道這間，它看兔子超厲害，我就是上禮拜天去兔聚聽他們講的，趕快坐高鐵來！牠耳朵長癬都看不好！」

「有這個電話號碼就放心了！」她把零錢包拿到手上掐了一下。

這個禮拜的公車司機和上個禮拜一模一樣，她習慣默念司機的姓名，卻鮮少留意他們的長相。換了兩班公車來到養護所已是下午三點，樓下警衛老伯在複習早上看過的報紙，樓上櫃台飄著迷魂的咖啡香。

養護所實施訪客登記以來，訪客增加了，櫃台高小姐的優閒時光也被切割了，對長期的訪客而言，她不再是音容宛在。

「麻煩登記一下，證件！」高小姐重複著這句話。有人讚美她怎麼都不會老，高小姐沒一絲歡喜地說：「你眼睛真慈悲，但我寧願老，老是我們的權利。」

她走到盆栽前，誇大的做著掏證件的動作，免得高小姐像自動感應器發出攔截聲響。

高小姐遞上一枝綴有粉紅羽毛的原子筆，她留意到她無名指上的戒指和上個禮拜不一樣，上個禮拜是一隻三角形的銀戒。

她翹著小指在糖菓盒中挑選軟糖，硬糖和軟糖的比例大約是十比三，這時候她感覺到高小姐在盯著她的婚戒。很久沒有人注意它了，她差點重提老話，這枚白金鑲鑽的婚戒，當初業者提供鐫刻名字的服務，但限六個英文字母，因而作罷。

「A9有新的人來。」高小姐說。

「喔，也該來了。」她說。

「你跟你媽感情很好！」

「嗳，嗯……」

「有些媳婦每個禮拜都會來，女兒不一定。」

「是啊！婚姻的不自由。」

急欲熟悉環境的新成員家屬，一對不放心的中年夫妻毫無掩飾的一路引頸看她走進A9，她倒抽一口氣，氣定神閒走到A93床邊，默念床頭的名牌，擱下報紙，手輕攏窗簾望著窗外。

「你們來很久了？」新來的女家屬竊竊的移動目光和腳步，順便關照其他病床，像撥開擋住去路的浮萍，來到她們的床尾。「小姐？」

「嗳，你好！」她掉頭想回人家一個微笑，卻只輕瞥到床上婦人胸口的涼被為止。

「你們來很久囉？」

「她是這裡第二資深的。」

「她的皮膚怎麼那麼好？」

「每個人都這麼說。」

「她好像還滿年輕的，她以前是做哪一行的啊？」

「這不重要吧……」

「你在看什麼？」

「我們來的時候那一棟購物中心還沒蓋呢！」她把窗簾撩得更開。

「那是幾年？」

她不看身邊的床，而是舉目掃過角落，說：「要說清楚，還要算從家裡到醫院，從醫院到這裡，從這裡到那裡。」

「她生什麼病？她眼睛在動！」

「什麼病就不用再說了吧，她眼睛會動，無意識的動，有我們也不知道。」

「是啊！越說越累，你是女兒還是媳婦？」

她轉身看著等在斜對面病床好似菸癮犯了的男人，冷冷答：「你說呢！難道她就不能有朋友？」語尾勾起一個呵欠，硬是壓下去癟著嘴，像被觸怒，頗為不悅。

女人扭著嗓子小聲地大叫男人的名字，「你先下去走一走啦！」

他有些不情願，雙眼萎靡兩手扠腰面向她們，欲言又止走了出去。

男人一出去，女人便說：「他就是這樣！他媽媽年輕的時候出外打拚，奶奶怕媳婦一去不回，扣留一個孫子，就他，在身邊，就不怕媳婦不寄錢回來……所以又乖又聽話，小學畢業和奶奶來跟媽媽住，才知道都市比鄉下苦，以前跟奶奶還有零食吃，他媽媽租一個房子不捨得住還租給別人，一家老小三代睡在閣樓，婆婆怕無聊，還要找人陪她打麻將，她常常說那時候是剁指頭在養孩子。我們現在也還住在那個房子，暗又西曬……」

女人說著急忙跑回他們的床位張望，回來開始作嘔啜泣，「這種空氣讓人很想哭……」美人尖下敞亮的額皺出一個印子。

「你為誰哭！」她更加冷酷的轉身，再次撥開窗簾一角。

「沒有啦！」女人拭著淚。

「姊姊！」蟄伏在附近磨練聽力的外籍看護睜著黑白分明的眼眸說：「婆婆昨天過生日，有買蛋糕，唱歌，」看護從床頭櫃上拿起未燒完的數字蠟燭，一支6一支5，掀開被子，「她有一個生日禮物，睡覺的衣服。」

「嗯，還薰衣草的。」女人抹著鼻涕陪笑。

她冷笑，說：「以前隔壁床的人，我們說要去逛那間購物中心都沒有。」

「要倒要倒的，不然我們現在去！」女人睜大濕潤的眼，徵求她的同意。

「倒了就算了！我想多看她一下，她的下門牙刺傷了上顎，在發炎，拔牙也不是，不拔也不是。你現在也懂得及時行樂了啊！」

「剛才看到你在撩窗簾，讓我想起……」女人慌張接起手機，懸著嗓子，「喂！喔，下雨了，好啦，那你先在那邊逛一逛！你不是要買襪子！好、好，再見！他去逛了！」

她在一旁抱胸說：「拜託你平常心一點好嗎？」

女人把手機收進背包，撥開窗簾看雨和購物中心，回頭確定她在，看護也在。她屁股輕擱在床緣，眼盯著櫃上報紙頭條。

「我們懷疑她有男朋友，每次回來都在對面橋下下車，一個騎偉士牌的老男人送她回來，出門也在那邊等她。我跟大嫂躲在客廳窗簾後面偷看，她瘦，沒屁股，喜歡穿八片裙，都是做的，幾歲了還側坐，很浪漫……我不會跟先生說，但是大嫂跟她老公說了……」女人掉頭癡癡看著走進來的訪客，以及跟進來催討月費的工作人員，聲音又降了一級。

「生了這個怪病，她不給人家知道，所有朋友，親戚也是儘量瞞。她舌頭還能動的時候要我答應一定要幫她。電話接到怕了，每天都在為撒謊打草稿，乾脆不要接，一天幾十通，響到我恐慌症，一直掀一直掀，窗簾勾子都掉了，有一天真的看到那個老男人騎偉士牌在對面，不知道怎麼回事，我門也沒關，就跑出去，幸好還記得帶鑰匙。下樓梯的時候忽然又聞到她的香水味。香水都是她女兒送的，都很濃。過一個好大的十字路口，在他身邊站著，就看著那個窗戶，站了至少有五分鐘，心情突然就好多了……」

她嘆出聲，朝女人苦笑。

「她以前開裁縫店，很多酒家女找她做衣服。她要穿走的衣服都準備好了，留下來的也分配好了，她太惜衣了，別人哪能。相片也自己挑好了。不過後來這幾年她也很愛跳舞，交際舞，還可以在公園教人，她都當男士帶舞，以前拿掉的墊肩又縫回去。早上要吃清粥兩個炒青菜，珠蔥炒小魚也很喜歡，吃完就出去了。會回家睡午覺，下午再出去。身體照顧得很好，也捨得吃補，器官還很耐用。水果最愛枇杷，枇杷那麼淡。」末了一句對著床上的老婦人說。

「忘了帶件外套，會冷！」女人伸出冰涼的手抓住她的手，她也是冷。「啊！我小姑和大姑來了……」

女人急著放手，她也急著抽回，很長的指甲劃過她的手背。她掀開被子看床上婦人的腳指甲，並查看櫃子裡的嬰兒乳液，上個禮拜有家屬反映乳液用得過快，有懷疑看護的意思。

女人躲在窗簾後面，兩三分鐘便感到無聊，用布簾裹住身體玩。她望著布簾裡的人形，上臂兩側泛起雞皮疙瘩，下意識撫摸著包裡的零錢包，捲起報紙，躡足移動到下一張床，心急如焚走得好快。

女人破蛹而出，跟著小聲的走出A9，一面對著手機咬牙切齒說：「買好了不會自己先回去？」一面在她背後追喊：「你不等我一下！」連看護也幫腔叫著：「姊姊！等一下！」

「發生什麼事？」櫃台高小姐抓著筆從櫃台走出來。

她用正常步態，做了一個我也不知道的表情，若無其事走向電梯門。那女人穿運動鞋，止滑的膠底發出橡皮擦磨著流理台的聲音。

電梯門敞開，她們交叉看著浮現在電梯鏡牆上束髮的對方。並列在她身旁的女人，有如長途飛行後卸了粧敷完面膜，慘白、浮腫，泛著些許滿足的容光。電梯門關閉，她們同時被夾進扉頁裡。

高小姐送過來兩把傘，「外面在下雨，不小。」又為呆杵的兩人按亮了倒三角形的電梯門符號，說：「雨在哪停就放哪，都客人忘的，太多了，做愛心傘。」

她進電梯貼牆站，打開傘來檢查，一把完好的木柄藍格子電動傘。她把傘收好，女人跟著打開雨傘，傘骨強而有力，蹦一聲，傘面彈到自己臉上，慌說：「我的傘也沒這麼好。」

電梯到一樓，進來一個約六十歲筆挺而優雅的男人，兩手安疊在傘把上，地上流了一灘雨水。

電梯直達養護所，她垂眼斜視男人手中墨綠色的傘，像剛買的那麼新。門開時帶頭進來的是消毒棉花的氣味，她貼著牆，避免被高小姐瞧見，那個女人偏這時開口說話。

「我跑出去看那個老男人，就放她像平常一樣，吃飽坐在客廳看電視，怎麼知道她頭垂下來被食物哽住……救護車來的前一分鐘，那個男人才走。」

她靜靜站著，等那女人走出電梯，才跟著走出來，把報紙遞進警衛室。警衛說：「謝了！」

她們動作一致按開自動傘，女人還想交談，她已昂首闊步走進宜人的雨中。女人緊追到對街廊下，叫著：「你都禮拜天來嗎？下個禮拜會來嗎？」

她在一間花店門口收起雨傘，拿起一枝不起眼的花，似笑非笑對那女人說：「我無須再來，她只是我們的隔壁床，我只是習慣禮拜天來這麼一趟……」

「騙人！」女人似哭喪著臉，嘴卻拉平煞住一個笑，準備接受她開的玩笑，發現她眼神堅定無比，遂將視線滑落到她手上的花，「那是什麼花？」

「水仙百合！」

「水仙就水仙，百合就百合，怎麼會有水仙百合！」女人的手機又響起曼妙的鋼琴曲。「你不知道他，他只是不想買傘……恐怕這輩子都不會自己去選一把傘。

嗯，她喜歡貼壁紙，生病之前她說要重新裝潢，工人一撕開，嚇人，竟然有五層壁紙，五層都是花的圖案。」

「窗簾也是花的。」

「對啊！她也是愛花人士。」

兩人在廊下站著，又不約而同按開雨傘，邁步雨中，完全無視對方的存在。

她就近找一家咖啡館，坐在門面唯一的窗邊，等待雨停。

直到天黑雨都沒有停，她懷疑愈下愈大。她看見那個女人和先生從廊下走過，她認得那枝雨傘。他們折回來走進咖啡館，她急忙側身低頭，假裝在翻找包裡的東西。聽聲音便知道她認錯人了。她抽出一枝水仙百合插入桌上的玻璃瓶，瓶中只有一朵紅玫瑰，唯有靠窗的這張桌子有這麼一朵花。

走了好一段路她才回神看了一眼計程車司機的名字。車上高架橋，從更高的橋上濺落的水一波波襲擊車頂，帶來振奮，她問：「司機先生，現在有哪裡可以買到兔子？」

司機扭頭看了她一眼，「你要去嗎？」

「去看看！」她說。

「我要是想賺你車錢我就載你去，去到那邊人家都已經打烊了，今天星期天關得比較早，有的也沒開。兔子不好養，吃多大多，毛又掉得多，鳥啦！那裡主要是賣鳥，養鳥比較輕鬆，我真的跟你講……」

她一進門，便閉著眼睛坐了下來，頭往門板後仰，撥通電話又切掉。電話回撥，響個不停。

她看著屁股下面睡蓮的踏墊，想起有人笑她，「你這個踏墊這麼漂亮不踩腳也不踩鞋，放在這裡做什麼？」

徹底洗淨雙手，換好睡衣，她躺在床上，一再說服自己沒必要洗澡。

二十分鐘後她撐著起來，走到瓦斯爐前，打亮頂燈，低下頭來，手弓在開關上方，遮擋反光，心中默念：「向上！向上！」

二〇一二年八月十六日

剩下一個故事

這座隱身舊公寓後面灰撲撲的圓形建築可是陳春烈最愛到訪的地方，一至三樓是一家老牌影視公司，四樓是二輪戲院，除了偷閒看電影，用一杯最便宜的星巴克換兩部不清場不對號的電影，任職影視公司製作部經理的怪頭是陳春烈的摯友，常義務為他拷貝藝術電影。製作部在二樓，冷若冰窖，上字幕的女員工經年穿著黑襪，身披防水材質暗浮紅字的黑色公司夾克。不知道是他的職業病還是怪頭的職業病，他們從不進辦公室坐，光站在昏黯的字幕室門口聊天，然後取暖似的約三十秒鐘一瞥頭像後面燃燒的光影。唯獨一回他莫名被畫面上一面掛滿工具的紅牆吸引，弓起膝蓋，踏上字幕室的木地板，卻一腳踩進桌邊的黏鼠板。據說那裡過去是傳統市場，抽屜裡常有老鼠屎，女同事的尖叫聲可撼動戲院螢幕。

郊山飄雪的三月，他戴著毛線耳罩和剛交往的造型師女友趨車前去朝雪，那也是怕冷的他唯一的一回雪。後來他才明白，唯一的意義就是不祥，但在當時不可能知道。壅塞的山路上，隔著雪織的耳罩，他接獲怪頭的死訊。日後他頻夢見那棟像巨大灰色水塔又像兵工廠的圓形建築，甚至他們那個像大老闆的警衛，他看見陳春烈即刻浮現一個真心誠意的笑容，隨即哀戚定格。他踱過來遞上一根菸，指著花圃中一棵只有幾片葉子的植物說：「我用吃完的榴槤籽種的！」陳春烈更注意的是他無名指上的大鑽戒和光亮絕塵的黑皮鞋，心想這是個角兒。

就那一天他認識了佳期小姐。他繞到另一頭上四樓電影院，看完一部比較不想看的電影，等到第二部比較想看的時候，已經沒胃口了。他再度出現在公司門口，大老闆警衛喃喃有詞。「什麼？」他問。「你找佳期小姐?!」警衛用食指指著頂頭。「嗳。」他點頭。

他站在字幕室門口，好似從一大片天空跳傘降落在一個小池塘，樓上的大布幕縮小成小視窗，雲彩和光河持續奔流。

佳期小姐轉過頭來，他呆癡的，放大她陌生而又熟悉如家園的茶褐色瞳孔，追尋失落的畫面。

「那時候差點掉眼淚！」他後來告訴她。

像那善良的警衛，為解他的尷尬，她喃喃有詞。

「什麼？」他問。

「我在想你應該不會再來了！」她說，她幫他錄了五支片子，五支都沒有旁白，她知道他不喜歡有旁白的電影，重點，故事要好。

「以後還是不用了！免得一直想起他！」他看見她眼底有一種遺孀的哀愁。

再見佳期小姐是在樓上電影院。那日他是來散心的，幾個小時前好不容易拍完一支問題超多客戶超難搞的災難片，披星戴月回到公司，伊娃的男朋友趁同事搬運器材門戶大開混進來找他談判……淒迷涼霧瀰漫的戲院，牛仔褲的僵冷揮之不去，忽然間有身在天國的幻覺，不禁回望入口光亮處。伊娃是他們的美術，伊娃的男朋友是職業軍人，天生的軍人，英氣迫人。伊娃說是她流著淚送他入伍的，他們年紀輕輕，情感年份已是十字頭，那和負債一樣沉重。她男朋友一進來就死命瞪著他們，伊娃正吸著蘋果汁，張開另一隻手的虎口掐揉他的頸後。

除非透過鏡頭，不關心任何事的攝影木槿遊魂似的走了。

「你們談一談！」他盡其所能的輕柔，脫離他下半身的椅子嘎了一小聲，隨之轟轟烈烈玻璃爆破，迸出銀色火花。

伊娃找來男朋友的哥兒們把男朋友勸走，天已微亮。整個過程，有如人工呼吸心臟按摩一樣感人，尤其記取初戀的片片斷斷，言語綿密叫人透不過氣來。他們走後，他得拜讀抽屜裡的《湖濱散記》才有辦法起身。老闆篤信風水，門口鐵桶上奔騰的浪淘日以繼夜，總令他想起遙遠鄉村的魚塭水車。他在門上貼著紅字寫的「小心碎玻璃！」

「沒事了！你還好嗎？」伊娃傳來簡訊。

「可可收集那些玻璃瓶是因為聶魯達收集。」他回傳。

「我會找一隻很漂亮的給她。」伊娃說。

他在車上瞇著，車窗被陽光的拳頭穿透、震碎，勸離一個心碎的死黨的紀錄片又開始倒帶。他遵守交通規則開車在路上亂逛，來到電影院正好赴上十一點的早場電影。一百分鐘是他最喜歡的電影長度。十二點四十，片尾跑馬時才有一個小姐進來坐在比他更前面的位置，她脫掉外套，僅著無袖上衣，手臂細得像柳條，他夜間慢跑的校園正好有兩棵柳樹。後來他們一起上戲院總是分開坐，她一定要坐比其他人更前面，最前面的位置，攬戲自照。他因而分心，他喜歡看美女裸肩上的暮光，那是一個豐盈的生命。在他的圈子，她絕非美女，因而是一道更恆遠的線條，不為日昇日落而存在的山形。不過，那天是她對著螢幕重新鬆綁馬尾的俐落手法，叫他想起。

電影結束時她搜索座位收拾情緒，好像禱告結束劃十字。他在出口等了好一會，未見伊人，再入戲院，她已不見蹤影，倒是碰見另一個廣告導演，彼此假裝沒看見。他打電影給她，她說她跟那些鼠輩一樣走祕密通道，午休幾乎都泡在戲院吃零食。「難怪！」他說。

用招待券請吃飯是他一貫的作法，他約她吃晚飯，抱怨客戶在選角定裝都完成後，奉大老闆之命要求再給他們一個更脫俗的臉蛋，唯一具體的指示是鼻翼別太有肉。他說現在他們滿街在找美少女，運氣好的話她就在餐廳裡。佳期小姐興致勃勃的提議一起去找，且很有默契的說去西區，眾所皆知電影史上最靈氣的美少女就是在那兒給發掘的。東區的美女太自視自覺了，猶走伸展台。

佳期小姐提議走學生路線坐公車，入行後他第一次坐公車，票價都不清楚，也不知道悠遊卡的功用。車上只有兩個高校女生坐在最後排，是一對怕見光的戀人。鼻子玲瓏有緻但有憤世氣息。佳期小姐坐在司機後面的博愛座，一路側臉像女王頭專注著東區到西區的窗外，好似一發現美少女就要立刻衝下去把她抓住。

星期五晚上，又逢段考結束，出來玩的十多歲的女孩子不少，背著書包或已換裝，長襪、瀏海、百摺裙、海馬吊飾，搞得獵人眼花撩亂。不知是西區的少女叫他們失望還是這時代。他們隨之在街道上蠕動，忽而忘掉有這麼回事，這麼個人。或者守株待兔坐在廊下桌邊，望著夜空一角，任冰淇淋融化，相信不會有流星篩落。

他不放過對街廊下爭執的小情侶。佳期小姐坐在百貨公司櫥窗前面的窗框喃喃自語。

「什麼？」

「找不到了！」

「不是！另外一句。」

「世界需要孩子，瓷廠需要男人！」

「什麼意思？」

「今天上的字幕。」

他們駝進計程車，殺回東區，十一點前又逢一波車潮。黑騎士穿梭車陣，炫耀青春、自由，以及後座裙子短到看不見的女孩。他摘掉眼鏡，仰靠著坐椅。佳期小姐貼著車窗繼續凝望。

將近午夜十二點他們在東區的地攤上找到克蘿伊。她的鼻子靈巧得像花蕊上的柱頭，似乎有露珠在上面閃爍，藍亮的髮絲在暗夜裡萌芽。他唯一不滿意的是這個晚上已有兩組人過來試探她，包括他的助理小開，報紙前天才揭露他那拍過洗髮精廣告的模特兒女友在香港被富商包養，那個富商已毀掉台灣兩個世代的玉女明星。任誰都要懷疑剛從法文系畢業的美人魚克蘿伊是故意從海底游上沙灘等待后冠。佳期小姐看出他的小人之心，搖著頭說：「誰管月亮上面有多少坑坑疤疤！」

拍完克蘿伊，他在下一支片的片場找到心目中的十六、七歲的少女。他們在陽明山租了一棟別墅作為洗衣粉廣告的拍攝場地，代價是日租二十萬，加上屋主一家三口的旅店住宿費。午後他們鋪上象徵烈導的白桌巾，在鳥語花香的庭園吃窯烤手工批薩，陽光照得一切都好浮華，女主角露比說這就是她夢寐以求的生活。

他們翻閱塵封的檔案找她來試鏡，距離上次拍洗面乳廣告已有十二個年頭，符合腳本設定的輕熟，問她這些年在做什麼，「嗯……就……」她偏著頭想了一下說：「保持最佳狀態，等待機會！」

小開搖著頭說：「露比小姐啊！就算是電影也算了！」

陳春烈呆坐在客廳沙發，回神被眼前的景象嚇了一跳，長條壁櫃上立著大小相框不下二十幅，呈現在墨鏡裡是一片碑的森林，最小的一個錫製雕花相框，「天啊！」他迎上前單腳跪著，詠嘆相框裡美麗的精靈。

一個星期後他雙手抱胸咬著上唇，在剪接室裡溝通客戶、剪接和廣告公司，接到總機可可的電話，說有個貴婦在公司等他，一聽來自陽明山出借別墅他便心裡有數，只問：「她怎麼形容的？」可可說：「形容得很清楚，就是沒說像誰，我就問像哪個名人或藝人，剛好我手上的報紙有王家衛，問她像不像，她說像，那不就是了！」

等待他的女人托腮坐在離他公司最近的一家咖啡館內，不夠專業的女侍眼神像蒼蠅，沾她一下又來沾他，這就是他無法愛上這家咖啡館的原因，即使多種薜荔爬滿門牆，綠韻迴繞。

女侍上咖啡時故意放慢動作，好看清桌上相框裡的人。坐在他對面比實際年齡至少年輕十歲的老美女別開臉去。他很慶幸她沒有整型，至少看不出來。

她只是要聽他說出竊取愛女照片的原因，情有可原的原因。

她一點也沒有生氣，甚至有些欣慰。他托腮止住斜傾的微笑，眼睛掃過櫃台的女侍和小庭園。

為了某種原因家中裝設監視器，也為了某種原因她不能在家檢視錄影，找專業人士幫忙，看到一個陰森森的家，因此把他找出來算是一種存在的印證，消除某種恐怖。自認幽默的這人關心自己在畫面上是否賊頭賊腦。

送她回家的路上，她搖頭回應關於影中人的問題，他些微失望，好像乘熱氣球去追一道消失的彩虹。「她沒有那麼重要！」她只說。

徵詢她的同意，車繞進河濱公園。公園裡有一批高大的新移植的樹立於風中，身上還包裹一層麻衣，彼此間離得有些遠，空曠中一場孤獨的生存競賽。

「他們在打撈什麼啊？」她望著排水溝邊的年輕男女，一邊自提袋拿出黃色牛皮紙袋，抽出一雙平底鞋，啪地大聲擲在停車場上。危峨的高跟鞋留在原地，好像兩隻俯身啄食的粉紅鶴。

她拖著雙C平底鞋走向河邊的護欄，把摘來的一朵小黃花扔在河面上。一顆籃球迸出球場，滾過單車道，掉進河邊，她竟就撩起裙擺跨過護欄走下去撿。

他往相反方向走，眼不離圍牆上的馬賽克，圖案逐漸清晰擴大、擴散，他倒退幾步，直到笑靨再度凝聚在小婉嘴角。九一一那年他們四個人合作這個瓷磚案子，忙完他便和三百六十五天穿牛仔褲的製片小婉走在一起。藍調的馬賽克褪得像水洗千百次的牛仔褲，藤蔓覆蓋在他們頭頂。

「你和我以前的女朋友用一樣的香水！」他對迎上來的山中貴婦說，「不過，已經都是爛泥河水味了！」

「是你！」她興奮地指著圍牆上的巨幅頭像，走上前又倒回原地。

「獸首！以前留鬍子被說是恐怖份子，你從哪裡認得？眼睛那幾塊嗎？」

「別忘了我盯著你這個人盯了多久。」

「謝謝你沒多說什麼，最近老闆掉了一幅趙無極。」

「年輕人約網友來這裡見面也不錯！」

他十足應酬的縱聲大笑，「見網友適不適合我不知道，但分手是適合。」

回程他將車停在山路邊，打開車門通風，撥電話給佳期小姐，問她：「有沒有適合分手的台詞？」「沒有，也沒有適合分手的天氣。」「那現在畫面上的台詞是什麼？」「打探別人隱私的人看起來都很善良。」

某日下午他在車上翻箱倒櫃找不著那錫製的雕花相框，卻發現記事本上兩顆星星貼在下個月的窗格內，想到還是得再準備一次生日禮物，胃抽痛起來。他告訴未婚妻艾琳，這是他第一次和同星座的人戀愛，也是第一次訂婚，雖然他離過一次婚。

艾琳說：「不用解釋，我懂，當下就買的東西未必有訂下來來得喜歡，你願意承受後悔和等待！」

艾琳腰桿打直兩腿交疊坐在錄音室外看書，臉上有著歷任女友共通的善於守候的表情。她是一名優秀的彩粧師，可以屏氣凝神聽取心事，適時給予安慰，邊為她畫出別緻的臉龐。她的左手「骨感又有福氣」，拍過幾支金飾廣告。訂婚後她遊學英倫，開始嘗試戲劇化粧，也客串過舞台劇，漸漸習於素顏示人，並重拾畫筆，畫作不亞於國內最知名的插畫家，心情好的時候會在眼摺裡塗一點藍。

他跟錄音師阿凱說：「如果你告訴她同星座不適合在一起，布希跟賓拉登都是巨蟹座，她會怎樣？」

阿凱笑：「呵！那有什麼問題，小李名字又改了，這次連生日也改了！」

配音員妙麗說：「你要用非常悲傷的聲音跟她說。」

他再見到艾琳是在半年後林越的《蜜月》首映會上，她穿上那年從英國帶回來的藍白迷彩流蘇洋裝，配上一副冷冽的藍眼妝，他對那件衣服印象至深，他被它躺在床上的樣子嚇過，且她曾說那是她畫五十八張臉換來的，早點買就會穿它訂婚。她高舉著手，長而搖曳的一聲嗨，笑肌斜向顴骨粉粉的兩片花瓣，幾千根流蘇像觸手全在晃動，大方的跟一票新朋友介紹陳春烈先生是她的「前未婚夫」，加註「不過，以前髒一點比較性格，不像現在乾乾淨淨的。」又魅笑著比喻前男友是根本就沒掐好的，前夫是完全做好卻打碎的，而前未婚夫是送進窯底卻燒不出來的，並洋洋得意的說她的編劇朋友用一支手機跟她借用這個比喻。

他全程胃痛觀賞《蜜月》，其中一段是從一件他也知曉的事情發想的，那頓飯他也在場。文案米妮說他們參加了一個義大利蜜月團，認識六對蜜月朋友，回國後聚了幾次，她老公上班時間且租用其中一對家的車庫，他家老婆在家待產，劇情發展自然是她老公和人家的老婆演變曖昧。另一條路線則是一對準新人出婚紗外景，行至高架橋，攝影師兼司機見天色不對，臨時決定朝相反的方向天青的西郊奔去，初履一處隱密的幽美花園，得心應手拍出非比尋常的好相片，幾臻藝術的境界，然而新娘心底一直存有遺憾，只因那兒是精神療養院。

四面八方皆是人，他覺得被團團包圍，甚至擠壓，而一直在屬於他的蘿蔔坑裡浮動，想站起來，一個重新鬆綁馬尾的手勢帶來一絲欣喜，特別是左手緊勒髮根的動作充滿了力量。沒錯，坐在前排，舉高的雙手幾乎要碰上字幕；座無虛席，無從看見那瘦骨如涯岸的肩線。片尾字幕一跑，他更加確定佳期小姐也同在這池藍染缸裡，她的老闆也是投資者之一。

被眾人簇擁的越導正在說自己是蜜月寶寶，兒子也是，他恍見佳期小姐晃了過去，他對她一直覺得抱歉，他覺得她的眉頭像傑克尼柯遜，皺扭著白瞥了越導一眼，他則無趣的在說：「好像是丁松筠神父說……他也是蜜月寶寶，抱歉……」他追到路邊看到她在對街瞇著眼看車。

夏天快下檔的時候他打電話給她，說他有張免費住宿券，想約她一起，「你不會覺得怪吧？亂想吧？」她哈哈大笑：「你把我當成死怪頭了！」

飯後佳期小姐下樓逛逛，他關了手機，收了信，看完所有新聞台跑馬，確定沒有傾國傾城危及他個人的事，無聊而好奇地翻了她的東西。一個書店紙袋裝餅乾、海苔和一本地理雜誌。一個有點舊的保齡球包，裡面就像上健身房那樣，保守的運動型內衣、條紋毛巾。令他驚喜的是還有一部他也隨身攜帶的立可拍，和一疊寫著台詞的便條紙。他雙眼發燙讀著第一句台詞，彷彿這是他命運的詩籤。

「教育女孩，等於教育國家！」

敲門聲阻斷了他。佳期小姐帶回來一隻琥珀貓頭鷹。

「是丹麥來的還是丹麥品牌？」他假裝高度興趣。

「我也忘了，管他，你看！」她把它放在床頭燈下淋浴煌光，「顏色多美，像不像香檳？如果沒有站在書上就沒有那麼好看，要是裡面有一隻可能幾萬年前的蚊子更貴……」

「好！多少錢？」

「五千！」

「你看錯了吧！」

「是嗎？」她拿出簽帳單大叫一聲，「是五萬！」

他叉腳坐在床沿，笑看那個比中指高一點的美麗小東西，「字幕看太多了！對數目字太不敏感！」

非假日，池畔寥寥五、六隻夜遊動物。天山上的融雪匯聚形成天池，頂樓的泳池也叫天池，這兒他一點也不陌生，陌生的是久違的城市天空，尤其今晚，天池上空黝藍滑膩得像一張嶄新的複寫紙。

他走向觀景台，站在比動物園的鐵絲網還高的護欄邊，立正站好往護欄前傾，享受衝破現實的一陣快感。天風濯人飄飄欲仙，放眼城市，幢幢高樓像餐廳門口成牆的洋醃漬一管一管的，輝煌如琥珀，焦黑似亡國。

身邊來了幾個游完泳沖洗過的人，渾身香氣，再看城市最後一眼。鳥觸電網顫了一下，一個披白浴袍的女人用手指甲點觸他的手肘。他以為是那幾個人之一認錯了人，不料他們走了，她還在。

他溢出現實的意識立刻彈回來。「真巧！」他只能說。原來是怪頭的妻子，她說剛在歐式自助餐廳就看見他和他女朋友了。早在他約佳期小姐前兩個月他就把另一張住宿招待券快遞給她。她用同一根手指指向藍絲絨般的池水，說怪頭的女兒和同學在那裡。

「三個？」他望向池中的按摩池。

「三個死黨！我等一下就回家！」

「再多要一個房間啊！我去……」

「那會掃了她們的興！」

佳期小姐逕自下水，沒有暖身也沒有過來和他打招呼。他坐在池畔的躺椅上看她游來游去，非常自由，和池中另一個重視姿態和技巧的女人形成對比。

他把持了一整夜不去張望任何一張臉，卻不能堅持到最後地相了池畔最後一個男人一眼，果真令人厭惡。像要洗去印象，他快速滑進水中，獨坐在圓形的按摩池裡，兩臂大張，仰臉攬天。是一種念力或什麼，能量水，他竟想到這些騙人的廣告詞兒，他感覺神清氣爽，池子緩緩脫勾，彷彿吊籃被熱氣球帶著向上升，而微雨灑落。

「那人誰啊？像雕像鎮在那裡，一定又是某個名人！」佳期小姐碰面就問，他覺得有些掃興。

「某某創意總監藝術總監！一身名牌跟他的名牌家具一起上廣告雜誌，幾年前合作過一次，你身上要是沒有叫得出名字的東西，他看都不看你，游泳池裡那個女的是他老婆，也是廣告人，才剛拍一支保養品廣告，自以為藝術家！」他一直罵到電梯開門。

「你那麼討厭廣告人，不會在池裡撒一泡尿，錯！二十七樓！」

「原來你並不會對數字無感！」

「對！你被騙了，什麼都可以錯，就是數字不能錯，2735！說真的，你會在游泳池裡尿尿嗎？」

「不會！」

「從來沒有？」

「你後悔買那東西了嗎？」

房間的燈一亮，他就往那邊望。

佳期小姐走過去打開床頭燈，黃煌的光斟入兩隻渺小的圓瞳。

「不會！你有沒有看過一部電影，安蒂麥道威爾跟《遮蔽的天空》的男主角演的，演兩個愛享受又缺錢的雅痞，有一天他們的一個很值錢的雕塑不見了，好像一個叫Henry Moore的作品，女主角有錢的前夫送的，兩人互相懷疑對方拿去賣掉，片名好像是《美麗的謊言》，其實是一個來打掃的女孩子偷的，她又醜又不會說話，她只是覺得它好像在看著她，跟她說話……」

「你在說你也是灰姑娘！」他從鏡子裡看她，她第一次披散長髮。鏡子後面的牆板傳來年輕男女的歡言和罐頭笑聲。

佳期小姐換穿男人似的睡衣褲，盤坐在鏡中吃洋芋片，咔咔咔的脆裂聲剪接著一波波外島的聲浪。

「你看過怪頭的女兒嗎？」他問，「十六、七歲了吧！」

「幹嘛？你還要找演員？」她眼睛一亮，「那晚過後害我一直在找！」

「呵……我找到了，但只是照片，連相框跟墨鏡一起放在車上置物箱，竟然人間蒸發了！」說著他拉開抽屜，看見一本綠皮燙金字的《聖經》。

佳期小姐狐疑地皺起那傑克尼柯遜似的眉頭，但不評論也不好奇，而是說：「有一個關於消失在車上的故事很有趣，有一個……」

他徹底撥開窗簾，看著落地窗的夜幕，佳期小姐抱膝的側影讓他聯想到坐在岩石上唱歌的女妖。

「……有一個好心的女人去拜訪朋友，偷走他們抓到的蛇，準備拿去放生，結果蛇不見了，剩下一個麻袋，怎麼找都找不到，消防隊教的誘蛇方法也沒用，開車開得提心吊膽，兩腿發麻，怕牠悶死，晚上車窗留一瞇瞇小縫，有一天好天氣，就把車開到山上，打開所有的門，等了一兩個鐘頭，牠才跑出來掛在擋風玻璃上曬太陽，還是不走！」

「這個故事滿有意思的！怪頭沒說過你，你也沒說過你自己。」

「就一個機器人，可以倒敘每一天的電影，但沒有故事好說！」佳期小姐撥撒著半濕的黑髮。

「好吧，會選台詞記的機器人，那你從上一部電影開始，說到你睡著或我睡著。」他橫倒在床頭，吊著眼睛看琥珀貓頭鷹，它俯視著他。

「蜜蜂集體消失的橋段已經很多人用過了，土耳其約瑟夫三部曲的《蜂》我最喜歡！房東太太叫我每天一下班就回去幫她點蚊香，這樣可以少我五百塊房租！記得這個號碼2735，可以看跨年煙火！」她在窗邊徘徊，兩手繼續四小一大的節奏在耳根後面剷動頭髮。

「去年放煙火那天晚上，走失一個三歲的小女孩，到現在都還沒找到，協尋啟示常常看到，那次還有三個小五的小男生離家出走要來看煙火，迷路進了警察局……」

睡得好飽，他醒來即自問幾點了？它（她）還在嗎？睜開眼睛往上吊，它還在。他徹夜橫在床頭，床頭燈最低限度的光苗徹夜未眠。佳期小姐在洗臉，收拾東西，留言，並未走到貓頭鷹這邊。

窗簾被剝開一道像佳期小姐那麼苗條的白光，他朝裡面張望，將它拉開。黎明的貓頭鷹風華不再，看起來較夜裡慈悲，一層透明的羽翼。

Bye！走了！

她帶走鉛筆和便條箋。

他看了一眼蒼白的塵埃大地，將窗簾掩上，開啟筆電和手機，怪頭的老婆以十二通未接來電，外加簡訊、語音留言試圖請他到2736號房看看她女兒跟誰在一起，是不是喝醉了。

一個鐘頭後他兩肘沉重擱在露天早餐店的桌上，聽怪頭的老婆說了一個鐘頭女兒怎樣不乖，他不時瞄向對面公園裡的人，問了一句其實不想問的話：「你有帶你女兒的照片嗎？」她秀出一張母女倆的合照，繼續叨絮，正愁不知如何脫身，突然想到忘了那隻貓頭鷹。

他不敢把它放在車上，天天背在背包裡，又疑心弄離了它和書本，雖然是同一塊琥珀雕成的，貴就貴在這裡。某日在戲院看見一雙蒼白的手鬆開了馬尾，頭疲憊的靠著椅背，遂匆匆背起背包下樓。警衛的榴槤尚活著，進展不大。字幕室的螢幕停留在一個洋婆婆的特寫，下面寫著：我不吃沒放在電視上用輻射殺菌的東西。

他再次踏進那個森冷黯沉的方盒，長桌上的螢幕隱隱發熱，左手邊有顆像巫婆給的紅蘋果，他拿了起來，證明那是真蘋果。他將貓頭鷹放在音箱上面，又動手挪至螢光幕左前方，讓那藍光照在它身上。

新年後的第一個星期一中午，他又在戲院對著佳期小姐的身影，同樣坐五排最中間的位置，他坐七排右側可以看見光在她臉上閃動。她一向是戲院裡穿得最少的人，這天卻雪球似的裹著一件圓蓬蓬的白色連帽羽絨衣，帽沿綑著一圈長毛。她依舊在中途離席，消失在螢幕右側的黑洞。遲疑了一下，他跟過去，進入一條無光的走道，戲裡戲外的對白都封在城牆裡，摸遍整面牆壁，找不著門。

接著的那個星期六早上，他用了三個鬧鐘，才得以在六點五十分起床，趕赴市郊一個戶政事務所途中，聽到新聞廣播，昨天深夜克蘿伊車禍傷重正在與死神拔河。他想著上一回她上娛樂版頭條是與當紅偶像明星戀愛曝光，那張偷拍的照片比名攝影師的沙龍照經典，少有人有那樣中西合璧的側臉，細緻而任性的鼻尖。

女方親友團都到齊了，家人全是公教人員，他是男方唯一代表，氣氛有點緊張，新郎梁導還在從片場趕過來的途中。新娘小知的同學一大早就去花市買了一束香水百合，花粉在她下巴劃了一抹鮮黃。他看過用手掐著衛生紙一一摘掉百合花蕊的女孩，也記得直接用手來捻花粉的女人，他笑她的指頭像老菸槍。

平時很酷的小知梳著奇怪包頭拿著化粧棉幫她同學擦拭下巴，越擦越糟。那個有些福態的同學與高采烈的記述相親的經驗，最近一次最為受辱，任職唱片圈「長得也不怎麼樣」的男子覺得她「太local！」

他接過百合，原想拿到門口去摘掉花蕊，暫且留步聽一個聽說的更糟的相親故事。在桃園地區一個小姐巧合的被不同的朋友介紹給同一個先生三次，第三次相親飯局後去唱歌，這位先生當眾吻了她，不是臉頰喔，在嘴上，然後就消失不見了，一通電話也沒有。

他試著以手指彈落花蕊，還是得用摘的，白襯衫給抹了一道鮮黃，他覺得很酷，人也精神了起來。

小知甜蜜的說著新郎的理想，接拍廣告和音樂錄影帶就為賺錢快，拍紀錄片已經有譜了，當然，能找到資金，拍劇情片是最終的目標，故事也有了。下巴一塊漬黃的小姐雙手合十說：「好有理想！好期待喔！」小知對她比了「噓」的手勢。此時梁導披頭散髮出現在門口，手像鐘錘一擺，將菸蒂扔向花圃，撥了一下頭髮，加快腳步走進來。

克蘿伊的昏迷指數一直停留在「3」，衛星轉播車守候著醫院，等待捕捉戴著墨鏡前來探病的明星好友及男友。她終究沒有醒來，冰冷的週末夜離開塵世。那一整個禮拜小開常常在哼歌。半年後他問佳期小姐週末要不要見個面，電話中她說克蘿伊出事時她本想打電話給他的。

「我都約女朋友在百貨公司門口碰面，十次有八九次都我遲到，她們很少乖乖在門口等。要是我先到，就在這裡看人，但是我不敢望著人來的地方，看她們走過來的樣子，不知道耶，會讓我想逃走。」說這段話時他兩次回頭去看百貨公司門口的整點卡通報時，佳期小姐的穿著很像其中一個玩具兵，白衣綠色七分褲。

佳期小姐大笑，「幹嘛？虎虎生風的樣子很可怕?!」

「一副很happy很認真的樣子！」

他們從東區坐公車到西區，不自覺的又在鑑賞美少女。他心想，他會很久很久不再來西區，也會很久很久不再見到佳期小姐。

捧著碗站在走廊下吸食麵線的人群中，有個纖細的少女吸引他倆的目光。

「瘦到像蜻蜓，快飛起來了！」佳期小姐走到柱子後面去。

少女身穿一襲純白棉質短洋裝，就像他們準備給衛生棉廣告的女孩穿的，手上抓著一只急救箱似的白色塑膠提箱，裙擺和小腿滿是遊歷的痕跡。她跑到垃圾桶邊撿客人尤其是年輕女孩不約而同丟棄的豬腸子，一截一截用塑膠紙包起來，拿到十幾公尺外的柱子底下蹲下來，攤開，過長的瀏海遮蔽的眉目流露出一種哀光。他聯想到厭食症。

佳期小姐從柱子後面探出頭，眼睛一點到她便趕緊扭開臉，隨後跑到對面鞋店門口，改注意著他。

好不容易吞了兩截，她將剩下的收進提箱，跪下來，站起來，用那像包在衛生紙裡的筷子的腳，沿著廊壁飄然移動。剎那間他產生幻覺，她走進柱子裡去了。

「對不起！對不起！」他連續撞上兩個小姐，趺趺撞撞跟到第二個轉角，佳期小姐趕上來扯著他的袖口。

他們看見她倚在巷口，一個穿藍夾克的老人從頭到腳打量她，一下子走進巷子，一下子又出現在她面前，徘徊不去。

佳期小姐說：「她跟他去了一間破舊不堪的廉價旅舍，最後一刻你決定插手，把那個老頭趕走，接著她便像幽靈一樣跟在你背後，在無計可施的情況下，帶她到一間同樣破舊不堪的廉價旅舍，再到超商採買了食物飲料和清潔用品，你鼓起勇氣想陪她一夜，但終究還是沒辦法……怕她洗完澡出來使你想起某個來試過鏡的小女生……

「……她安詳的在睡夢中死去，警察調閱監視錄影，把帶她去旅館的男子的影像公布在附近街道和網路上……」

他作勢要擰她的臉頰，轉眼白衣少女已從巷口消失。他還在猶豫跟不跟過去，佳期小姐跑上前去了。

二〇一二年八月廿四日

雲途

牆上一個個粉紅色的「作」字，用來計算戒菸的天數，幾週又幾天。傍晚艾波踞在她的戒菸陽台又開始抽起菸來。傍晚菸癮是浪漫的。傍晚俯瞰在對面大樓忽隱忽現的勞動者可以轉移注意力。有著悲傷線條和色調的婦人，和一對健美如亞當夏娃的青年，他們忙著把彩色大糖果似的垃圾袋收集到停靠在門口的拼裝車上，那車是從繪本裡推出來的，頑固又可愛。可能是鄰近教堂的緣故，整個畫面和流程看起來極為聖潔。

年初四艾波離開養育她的姑媽住進這棟公寓。聖誕節早晨她男朋友小步租下這間公寓五樓的房子，他告知的語氣異常溫柔而憂傷。那晚他倆並肩拉著吊環面向車窗，窗上的兩人都穿咖啡色的衣服，好像被壓印在岩壁上。

「你喜不喜歡那房東？」

「還好！媚俗的傢伙！」

「他和我媽在一起！」小步誇張的緊摟了一下她的肩膀。

「我這房子屋運很好，住這裡的人都生兒子，要考試的也都金榜題名！」房東先生亦步亦趨跟在他們背後說話。

「噢，是嗎！」小步正眼看他，頭髮白了門牙沒了的文弱書生。

「在哪看見租條的？」

「永康公園。」

「啊！真有緣，我早上才去貼的，那裡是我貼的最遠的一張，我想在那附近活動的人比較有水準。」

小步從女朋友流連的腳步聲感覺她是中意這房子，她用鞋尖摩擦瓷磚上面的污點。

「既然屋運那麼好，幹嘛不自己住？」臨出門，小步終於問了一個問題。

「哦，原本都是自己住，之前房客搬走，才搬下去的。我太太怕爬樓梯，說要搬到樓下，」說太太兩字舌頭輕彈上顎兩下，「我也說嘛！才一層樓，差到哪裡。

她說差得遠，一層樓少說也十二個階梯，一天至少來回兩趟，一年要多走多少！哎呀！女人！你們年輕人不差這幾步！」見小步掉頭，房東先生在他肩膀上搥了一下。

樓上和樓下共用對講機，約定四樓訪客按門鈴兩下，五樓三下。

「喂！凹凹！喂！凹凹！伊莎！伊莎！凹凹凹……」

外面世界的人不會去理他們的遊戲規則，樓上的人老在對講機裡聽見樓下失控的人吠狗叫，屋子裡的房東先生板起臉來，咬字可清楚了。

「媽的！」一個陌生的罵詞，學他爸的，小步不再碰對講機。伊莎是他妹帶出國的那個玩偶的名字。爸媽離婚後，六歲的小步跟爸，三歲的妹跟媽。

他們住進來以後從未遇過小步的媽媽，連個隔空的聲音都沒有，只見擺在鞋櫃上毫無動靜一雙黑色高跟鞋，心照不宣懷疑她並沒有住在這裡。但是她與房東先生的關係仍然存在。看房子那天艾波試著殺房租，「那是我太太的零用錢！」房東先生一口回絕，嘴裡少了黏黏的唾液聲。小步試探性的把二分之一的房租匯入房東先生指定的帳戶。他後來才告訴艾波，媽媽介紹他來租這間房租匯入她帳戶的房子，「我只能這樣幫你！她說，不用我說吧！不必讓房東知道我們的關係。」

接近四樓艾波自動落到小步背後，小步擄緊她，硬要並肩通行。占去半條樓梯的鞋櫃幾乎有一架鋼琴大，小步以肩膀頂撞，兩人咯咯笑到驚動屋內的狗。

「號！號！號！最討厭博美！」小步動腳踢它，朝它下面墊高的那隻櫃腳。有一次甚至把嘴裡的口香糖拿出來往其中一隻抽屜塞。

「髒啊！人體表面細菌最多的地方就是腳！」艾波嘴巴這麼說，手卻飛快打開其中一隻抽屜，邊說：「伊美黛有三千多雙鞋！」

「她的零用錢夠買個幾百雙！」小步說。

十二隻抽屜，艾波一次開一隻，底下一排血紅暗紅，其餘全是黑色包鞋，清一色細高跟，兩兩頭尾交錯踡躺著，像嬰孩睡在子宮的模樣。

「不是最心愛的才擺在外面！」艾波說。

小步走了幾步才說：「未必！」

有一天晚上他們去參加小步高中同學的喜宴，回到三樓艾波問：「你會喝新娘鞋裡的酒嗎？」小步笑著說：「你說呢！我們又不結婚！」

艾波停在鞋櫃前面，從低處看鞋櫃上的高跟鞋，彷彿一只黑色高腳杯。

「上來啊！」小步轉了彎，站在高階命令她。

狗吠了兩聲，房東叫：「伊莎！」

「我忘了！」艾波嘴角些微上揚。

「這種事也能忘！」小步兩手抓著紅色扶手，臉俯下幾乎碰到她的頭髮。

「不然咧！」她打開抽屜，取出黏在鞋後跟的一球口香糖往他臉上壓。

艾波未曾這麼怕冷，春雪在臂彎消融，睡前穿著羽絨衣和襪子盤腿在皮沙發上看影片，小步問話她常聽錯。

他們看坎城影展最佳影片《四月三週又兩天》後一個月，恐怖的事情發生了。電影描述一個女孩子陪同懷孕四月三週又兩天的朋友去墮胎，密醫勒索兩人跟他上床作為交換。艾波發現她也懷孕了。小步焦慮得像樓下的博美狗聽到了鞭砲聲。

「你不用緊張，我一點也不想當媽！我的生命裡沒有媽媽這個角色。」艾波說。

「那你幹嘛戒菸……我只是煩惱我爸，他的化驗報告出來了……」小步雙手支著前額。

「快回去陪他，我要靜一靜。」

「你不安排一下……」

「不會搞到四月三週又兩天！」

長假起始第三天是個好天氣，艾波換上一身手術藍的睡袍，花了很長一段時間選擇音樂，好不容易決定了，音樂剛起，對講機鈴聲大作。

「什麼？泛舟？喔飯桌。」

房東先生半商量半告知，將送上來一張飯桌。

「改天再說行嗎？我正要出遠門！」艾波說。

微風飄拂透著金光的窗簾，阿班貝爾格紘樂四重奏拉奏貝多芬，鬆懈一頭長髮，她吞下網路買來的RU486，上床睡回籠覺。

悲戚的樂曲終了，掌聲哄堂，體內的洗衣槽開始執行任務。破碎的聲響像貓爪一下下抓著一個疼痛的部位。外圍有個廣播叫賣聲跟徘徊在姑媽家附近的一模一樣，「修理紗窗紗門換玻璃……」。窗下是一座狹長扭曲的縱谷，對岸是城市裡最早的電梯大廈。漫長的經痛，輾轉反側變換舒適的睡姿。

隔天下午她再度從夢境中醒來，風暴似乎過去了。再度失去童貞她脆弱的心靈感到微微的痛苦，強烈的饑渴。

門外樓梯扶手盡頭的牆壁上，黃金葛瀕臨枯萎，小步買來的小步負責澆水。生理加上心理作用，梯間瀰漫著濕涼濃烈的藥水味。她取來小步擱在玄關矮櫃上的一杯水，水迅速穿透泥土滴出竹籃，她探出頭去，突感暈眩，緊抓扶手，瞄見水滴落在樓下的鞋櫃，昏昏沉沉跪了下去。

她被抱回屋裡，躺在那張罪惡的雙人床上，有一雙厚實臂膀的天使給她水喝，聽見她內心的渴望，為她買來一碗不加芹菜的餛飩湯。

夜裡她聽著負氣離家的媽媽攜童言童語的稚女走過，迷迷糊糊想像天使的模樣。

正午她在陽台吸足了陽光，再度踏出屋子，想去喝碗豬肝湯，雖然血肉荒瘠，彷彿一個透明人，但精神奕奕，踏實的扣著冰涼的階梯，天使的幻影瞬間浮現，那不就是月初來跟她收兩百塊清潔費的原住民青年。那個常裸著上身的大男孩，常常若有所思的望著什麼，兩手的虎口擱在腰間，讓人誤以為他腳下踩著一顆足球。她從不知道有人在做這種工作，一日丟一次垃圾，一月洗一次樓梯。她急掩口鼻，驚覺大量漂白水清潔劑混融塵埃的氣味像男人的體液。

小步來過，黃金葛的葉子上閃著水珠，她興沖沖拿起話筒，只聽見房東先生。

「沒小錢啦！改天再來！冒冒失失！走走走！樓上的人不在！」

隔天晚上他直接上來按門鈴，伊莎吠得不像話。房東先生從鐵門內丟出兩張百元鈔，他撿了起來，塞回一張，說：「臭狗！垃圾自己倒！」轉身走上五樓。房東先生打開鐵門咆哮：「你這什麼態度！我告你喔！告到你沒飯吃！」

艾波都聽見了，主動開門遞上鈔票和慈悲的眼神，他努嘴笑了一下。

氣溫日漸回升，艾波依然畏寒，尤當風莫名其妙吹來，羽絨衣羽絨被不離身，房裡的電暖器幾乎不關，即使昏睡後夢見自己在床上被熱火燒死，彷彿也有那麼一點百了的幸福感。

這天她又像沙漠裡的爬蟲，陷入沒有盡頭的浩瀚午睡，溫暖的黃金沙海緩緩凍結、擠壓、龜裂，聽得到那推擠的地裂聲像烏鴉嘎嘎，驚醒發現地板瓷磚浮走，以為發生大地震。

她躲到陽台去。收垃圾的青年站在谷底，雙手扠腰，下巴微揚，超然堅毅的背部線條宛如徹夜立在美術館外的銅雕。

房東先生上來勘災，屋裡維持著出租時的清冷模樣，伊莎趴在客房的單人床下，房東先生對著斑駁的白牆說：「你想媽媽啊！爸爸也是！」

為了找尋同廠牌同型色的瓷磚，房東先生跑遍各地經銷商、工廠和倉庫，最後在一暗無天日的舊倉庫找到時，差點窒息。兩個禮拜後，他親手把兩箱瓷磚搬上樓，一小包水泥一小包沙，幾枝鐵的工具。伊莎欣喜若狂跟前跟後。

狂牛耕踏的裂痕，翻覆的蛋殼色瓷磚，主臥室的出事現場保持原狀。等待磁磚的兩個禮拜她春眠覺醒，白日黑夜地坐在床上，手搭著早餐桌，重讀鄧肯和杜普蕾傳，累了就靠著牆，凝望床下猶如慶典後的祭壇。

「床墊擺地上，沒有床腳，這在風水上好像不太好！」房東先生說。

「床墊底下的瓷磚沒有壞。」艾波說。

房東先生掐起一根羽毛，小心翼翼地放到音箱上的小碟子。

「羽絨的絨毛比例越高越保暖，緯度越高，羽絨保暖性越好，波蘭大白鵝的絨毛最好！」

「房東先生，麻煩書架那本綠色的，對那本，幫我拿來，謝謝！」

「我手有點髒喔！在寫什麼？」

「很難描述。」

這天午後她首度抬起臉看房東先生，他在房中央和著一小丘水泥。在他望向她之際，她垂下眼眸。他還故作左右探視狀，問：「先生不在？」

「他在忙一個研究！我們沒結婚！」艾波把說的話一字一字寫在紙上。

他暫停揮鏟，欲言又止。

「房東太太好像也不在嘛！」她用遙控器切換音樂，「白天聽夜曲，晚上聽超技練習曲！」

「古典音樂我太太也喜歡，她也是很忙。本來這樓上是要給她用的，房客都請走了，突然又說氣場不對……」

「你們有幾個小孩？」

「一個，出國去了。」

「房東先生！那破碎的瓷磚留一小片給我！」

房東先生翻了兩下，改用小剷子，翻出割割嘎嘎的聲音。艾波問挑什麼，他才恍然大悟，他在挑一片不割傷人的，便蠕動著蒼白的唇問：「你不會做傻事吧？」

「原來這麼懷疑！」艾波邊寫字邊笑，「人只對熟人、親人才有必要撒謊。」她敲了敲筆桿，「你看我變這麼邋遢，但我現在天真無邪得好像一個新生兒，完全不知道怎麼傷害自己和別人，還想做一些更有意義的事。」

「那我這次有慧眼，選對人了！就怕那些恐怖份子。」房東先生微笑著說。

「房東先生，你幫幫忙，到後陽台去看一下，去！就是這時間。」她第一次直視房東先生這麼久。

房東先生出到後陽台，經過廚房也一併查看，說著：「沒問題啊！」走回主臥室。

艾波雙手抱胸背靠牆，閉目說：「你看不到也聽不到嗎？你的伊莎都在叫了！向下，問題在下面，你應該比我清楚，尤其你是一個那麼愛太太的人！」

房東先生用一條毛毛的抹布擦淨地面，直到看不到也踩不到半點碎屑。新舊瓷磚的色差可用生蛋和熟蛋作比擬，地面的平坦很不真實，冰涼卻很真實。

艾波打了三通報警電話，最後是一通市民熱線，所以警察來了。

「不是叫你們傍晚才來？」艾波敞開鐵門，順便出去給黃金葛澆水。水滴聲有異，落入鞋櫃上的高跟鞋裡。

「不要隨便叫男人傍晚才來，身份證字號？」狀似長期失眠的警察端出威武的樣子。

「電話裡都報過了！」艾波跟著警察走到廚房，心想光這個溫吞的背影就不像會做事。

「後陽台？安安靜靜啊！這什麼？」警察拿起鐵窗台上一隻缺角的馬克杯扭過頭來。

「差點砸過去！」艾波冷笑。

「你有暴力傾向喔！還有什麼？抓蛇要打消防隊知不知道！」警察仰著臉看廚房裡的兩個大型書櫃。

「你給我電話號碼？傍晚打給你！」艾波拿起書櫃上的紙筆。

「不要隨便跟男人要電話號碼！」警察俏皮一笑，眼周泛起連環皺紋，「不喜歡就搬啊，條件開出來，我幫你找很快！」

傍晚，艾波摀住臉，手長長地伸出樓梯扶手外，懸在半空的手機錄下銅板擲地的聲音。狗低泣，陰雨漣漣，泛綠的白梯間漬在腥臭的藥水味中，她來不及戴上口罩。

聲如洪鐘的原住民青年氣沖沖上來找房東先生理論，兩人隔著鐵門叫囂。十幾分鐘前房東先生在陽台嚷嚷：「收垃圾的！你來看樓梯有多髒！」婦人默默上樓清理剛刷洗過的樓梯。

房東先生一枚枚丟出銅板。

「無恥之徒！」原住民青年對他比出中指，他揚言拍照提告。

艾波站在陽台等他出現。他下樓，走到推車旁邊立定兩手扠腰，黯彩的傘和車輛在他背後的馬路游行，雨絲打在他起伏的肩胛，憤怒加深背脊陽剛的線條。他突然扭過頭來，乾涸欲裂的眼睛在她眼中吸收到一點兒水份。

她細膩地撫索著那像爬滿樹根的潮濕的背，腦子裡跳接著畫面，蹺蹺板、背影、陽台，和一個盲人摸透傘柄細節占人雨傘的故事。或許是想到這是房東先生的房子和房客，他似乎十分愉悅，像徜徉在山林的獅子。

又一場風暴結束，她聞到一股柵欄裡的動物的氣味，匆忙裹衣跑到陽台抽菸，赤腳給磚碎扎了一下。

「你不像會抽菸！」

她甚至不要他開口講話，雖然那原住民的口音十分單純。

「走！」她帶他直穿屋子，走向後陽台，他搶了她的菸，聽到辱罵聲敏捷地垂下眼睛。

矮他們一層的公寓後窗，男人站在瓦斯爐前辱罵女人，抽油煙機遮去他們貧賤的臉。

「每天！」艾波雙手環頸跳到他背上。每天包括的是男人僅著一條鬆垮的白內褲，反覆唾罵「瘋仔！」和含性器官的髒話。女人回以手語。

「垃圾！」他怡然地哈著菸。

「後面巷子好亂！我做了一個降落傘丟下去，傘找到了，但是不知道正門在哪裡。」

「你想教訓他！」

「叫他閉嘴就好！」

他立刻就要去，她開玩笑的遮上口罩。

隔天下午同一個管區警察來按門鈴，伊莎緊張兮兮叫個沒完，她只好讓他進屋。

「昨天傍晚六點，你沒聽見救護車的聲音嗎？小姐，他鼻子被打歪了哦！」警察在廚房的書櫃前面停步，拿起櫃上畫有新月的咖啡杯墊。

「沒有，六點是垃圾車的聲音，少女的祈禱。」

「是一個戴口罩的男人，預謀傷人。」警察再次望向後陽台鐵枝林立的窗台。

「你可以阻止的。」艾波拿起書櫃上的火柴，燃起一根火柴。

「你說現在怎麼辦？只有你抗議過，檔案是有紀錄的。」警察走出後陽台，聽到開門聲馬上掉頭進屋。

暮靄降臨，樓閣乍亮如金蔥的蜂房。

艾波將菸灰彈入花盆，兩肘擱上牆頭，尾隨她過來的警察瞥見了，樓下收垃圾的原住民青年仰臉揮手，朝她笑得很燦爛。

「是他！對不對？要釣他很容易！」警察站到她背後，「小心！他空手也能打死老虎！」

她夾著菸輕輕拍手。「警察就是這樣查案的?!要釣你也很容易，我說是呢？他每天在那裡工作，沒人指認嗎?大家默許家暴，也默許有人去扁他一頓，不是嗎？」

「我只是懶得去調監視錄影……讓我抱一下，小美人！」

「什麼？抱一下？這是交換嗎？太賤了，這一切！」她大方朝樓下微笑揮手，掐熄了菸蒂，轉身撞上他的下巴。

「那一戶最特別，整面的玻璃，整牆的卡片，你去查一查他們的戶口！」

警察隨著她的指示，皺眉也皺鼻地望向斜對面，回神馬上縮進屋裡。

「我問那人有沒有虐妻，你知道嗎？他竟然哭，說老婆十年不開口跟他說話了！」警察站在距離前後陽台等距的中心位置，眼神從客廳牆上的牡丹圖轉向她，「抱一下就走！」

「天啊！不應該看那部電影，真是夢魘！」艾波雙手抱胸，貼著紗門的灰網呢喃，「這是哪門子的懲罰？」

「今天是我生日。」

「老套！」

「不信你看身份證，至少也十年沒抱過人了！」長相還算斯文的警察近乎乞求。

對面大樓有人注意到艾波，兩人瞇著眼對望。她在陽台盤桓，顧盼著紗門裡面像籠中鳥的人，他一點殺傷力也沒有，甚至有些多愁善感。

艾波用力把紗門推去撞牆，「那我們來寫個約定，要玩就玩徹底一點。」

「我只是要抱一下，你以為！」

警察盯著她跪在茶几邊寫：

我做了一件善良的壞事

我也容許警察先生做一件壞事

他不告發我，我也不出賣他
奉正義之名

「這不算壞事，我也要加善良的！」警察馬上現出職業性的作風，手指在紙上用力點了兩下。

艾波走向門口，臀倚鞋櫃，雙手輕輕張開撐著鞋櫃，示意他站在她面前，從胸口一路往下，垂眼盯著他的黑皮鞋，然後閉眼吸上一口氣，側臉慢動作往他右胸靠。一個空虛的擁抱，像面對面的兩棟樓，傍晚夕照時化為影子往另一棟身上倒。

她伸出雙手環住他的腰，他也作了同樣的動作。氣溫和體溫在上升，門後面仍有幾絲潮涼像海藻一樣。瞬間極度疲憊的腦海閃現花、降落傘、渡輪、雨中的紅傘。鑿鑿的尖刻鞋跟往她身上爬來，彷彿登高來看她腦海裡的風景。

第三聲極力加長的電鈴聲才使磁鐵般相吸的兩人分開。

門外的女人一襲黑洋裝，黑得像陽光下發亮的岩石，也像海豹，胸前垂著一塊重重的祖母綠，出色的五官，不安的眼神。

艾波吸了一下濕濕的鼻子，衝口叫：「小步……房東太太！」

「住樓下的！」她說，「已經有半筒水了！」兩手端高一隻黑色高跟鞋。

「那是他養的！」艾波將鐵門推去撞牆。伊莎在悶嚎。

「不見天日！」

「它不缺乏天日！」

她伸手想取下黃金葛被艾波擋下。

「都夏天了，手還那麼冷！」她斜瞪著眼，轉身下樓，「這房子不利於你！」手一晃，將鞋裡的水潑在轉角牆壁上。

艾波把寫著祕密約定的紙張撕碎揉成一團朝樓下丟，警察撿了起來，若無其事放進褲袋。

牆上以過期口紅寫的「作」字，像織著一群紅鶴的圍巾。光、美、金、青、雨、空、有、耳、非，不是多一劃就是少一劃。小步的步，離別的別，都是七劃。不知為何想起「作」字。

艾波背靠牆抽第二根菸，一邊冷笑著敷衍忽而走近門邊吐句話的房東先生。房東先生忙著把飯桌搬下去，鐵櫃挪上來。「我太太回來了……」甜漬漬的口吻，伊莎被他一個轉彎撞癱在牆角。

口哨聲被垃圾車的音樂蓋過，放棄先前的旋律，跟著吹〈少女的祈禱〉。垃圾車停在路上，張著鯊魚般的大嘴，等候塑膠袋裡的金魚游進去。尾隨其後進入社區小路的計程車被咬著難以進退，房東太太抱著伊莎跑過來指揮，就在計程車快要迴轉成功之際，她狂奔到路口攔了另一部計程車揚長而去。

灰煙揚升，房東先生在陽台燒金紙。艾波熄了菸，轉身天空和路上行人的背影都暗了。

垃圾車、收集垃圾的一隊人馬、返家的男女老少，艾波汲著拖鞋提垃圾下樓，追隨他們魚貫而行，經過雜貨店、教堂和郵筒，樓上傳來初學者的鋼琴聲，沒有人仰起臉來，但都看她一眼，路旁長髮的蛋糕裙女孩激著手上的水花為綠牆澆水。

「噴到你了嗎？喔！你在看這個啊……」女孩笑語盈盈多看了艾波兩眼。一張護貝貼在水龍頭上方，寫著：「請將洗手水接在桶內以利澆花」

女孩說：「喔！我怎麼都沒發現，以馬內利！你是基督徒嗎？歡迎你！今晚有青年團契！」

艾波仰著臉繼續往前走。

另一個手勁柔弱的鋼琴初學者在低處彈奏，肯定是來自於一列少見的兩層樓的舊房子，更確切的位置是一個掛有招牌「修理水電」的窗口。幼時艾波喜歡在姑媽的裁縫車上假裝彈琴，姑媽讓她去上鋼琴課，她學了兩首曲子就擅自跟老師說不學了，原因是：「我會了！」

小步說他爸請人把鋼琴搬到媽媽和妹妹的新家，媽媽又請人將它送回來，他不得不說出真相，妹已經有一部全新的琴了，爸喃喃：「有就好，就怕她沒有。」小步想把那部寂靜的鋼琴搬到現在的住處，她拒絕了他。

收集垃圾的小推車停在路邊，原住民青年提著數袋垃圾自公寓走出來，隨時隨地，只要是停住腳便是兩手扠腰，威嚴又似無奈。他看見艾波立刻將臉撇開，把車推到下一個門口，回頭用口哨吹著一首歌。

艾波問：「那天的餛飩湯去哪買的？」

「哪有？」他壓根不記得。抱了一疊報紙的婦人走過來接下推車，他這才恍然大悟的告訴她：「啊！是我哥啦！」

在艾波的央求下，他帶她去找他的雙胞胎哥哥。他們一家人住在地下室，屋裡堆了不少東西，綿延成一座座小山，唯一獨立在這之外的物體是客廳裡的一部琴，黑色的琴蓋發亮。他的床墊放在琴旁邊和琴呈九十度角，睡前沒有人彈琴給他聽，他可以趴在床墊上，右手像章魚一樣長長的伸到琴鍵上，他要示範，她勸他不要。他叫她看，琴和床的頂上，有一條約十五公分高的窗，早上可透進晨光，看見一樓住戶的汽車輪胎，「太陽爺爺的鬍子爬進來，所以才叫陽光屋，你懂嗎？」

他指著屋底深處白色的房門，「你自己去！小心！」

她敲門，慵懶的女聲回應：「進來！」

開門的剎那，原住民青年突然貼在她背後向房底說：「她要看阿明！」

她掉頭，他飛快穿過甬道，跑到他的床墊上坐得像個阿拉伯王子，眨著星燦的明眸。

房底一頭紅毛髮面牆側臥在床上看書。她踏進房間，外面響起琴音。

「門關起來！」女人翻身而起，把《哈利波特》蓋在腿上，開始講她的故事。

「我已經破紀錄，六十一天沒出門了！」她說，「上次出門買了一串夜來香掛在那裡還在香耶！但是項鍊隔天就斷了！」

馬桶的沖水聲一次次沖撞天花板穿牆而下，好似打破老陶水缸的聲音。當她講到媽媽如何以爸爸的真皮皮帶鞭打蹺家的她，頭頂上籠罩著一次大規模的水流。

「好像住在熱帶雨林！」艾波說。

「對啊！阿明說我是第一個嚮往他們山上的女孩！」她說。

很合理的她把艾波當成阿明的哥哥的女朋友，當你和雙胞胎之一交往，必然想見見他的另一半，進而另一半的女朋友，然後界定出兩人和兩對的差異。

隔牆的音符沉沉軟軟的，彷彿走在苔草上，不敢掉以輕心，再聽下去，艾波發覺她好像把她當成社工了。她從十二歲起即是社會局關懷的對象。

「阿明呢？」艾波終於打到了咬她三次的那隻蚊子。

「你還是不要看阿明，阿光第一次帶我去看阿明，我第一眼就知道阿明比阿光好……你看！你看嘛！拜託你看一下……」

艾波走到門邊，對著掛在門板上枯死的夜來香，在她歇斯底里的央求下不情願地半面回轉，目光正好落在她隆起像一隻變形的鼓的緊繃肚皮。

她有點想吐，屏住呼吸不聞陽光屋的霉味，不看客廳，本能地向上爬。琴聲停止，叫阿光的大男孩急欲自琴椅上抽身，她一個踩空，大聲喝令：「坐在那裡，繼續彈！」

她踏上地面仍聽見琴音，一閃一閃亮晶晶，滿天都是小星星。

走在前面樓梯上的房東太太失魂落魄，看樣子，伊莎傷得很重。小步說伊莎是他妹妹喜歡的一部電影《天使熱愛的生活》的女主角。那也是一部大影展得大獎的作品。曾有一段時期，她和小步租三部一百的舊片趕在七天內看完，通常一部好萊塢、一部偏遠國家、一部影展得獎，觀賞的順序從沒準則。

艾波洗好澡，在鏡子前面用手語對自己說我愛你，套上潔白的衣服，站在陽台看教堂門口信仰虔誠的女孩，心想待會她經過時如果他們正在唱一首很好聽的詩歌，她便走進去跟他們一起唱，否則就去找一碗好喝的湯。

她順手把黃金葛帶下去，擺在鞋櫃上面，一面哼著：愛是恆久忍耐又有恩慈，愛是不忌妒，愛是不自誇不張狂，不做害羞的事。

二〇一二年二月七日

《塗雲記》

各篇作品發表紀時　依時間排序

鴿子歌	二〇一一年一月號	《印刻生活文學誌》第八十九期
光暈	二〇一一年五月十六、十七日	《自由副刊》
賣睡衣的女人	二〇一二年一月號	《印刻生活文學誌》第一〇一期
永遠不可能的事	二〇一二年七月號	《印刻生活文學誌》第一〇七期
藍藍綠綠	二〇一二年八月十三至十六日	《人間副刊》
小別	二〇一二年九月廿六、廿七日	《聯合副刊》
雲途	二〇一二年十月號	《短篇小說》第三期
剩下一個故事	二〇一二年十二月號	《印刻生活文學誌》第一一二期
白貓公園	二〇一二年十二月四、五日	《自由副刊》

後記

在輔大讀書的一個晚上，我央求室友陪我去喝喜酒，從新莊到松山對我們而言還真是個考驗，怎麼摸索過去的已徹底忘了。當晚在座的許多都是新郎的警察同仁，見到兩個長髮女大生便一直湊近，藉敬酒說瘋話，十分惹人厭煩。新郎很感抱歉，在工作地補辦的喜宴，新娘未著白紗一身喜紅，宴後陪我們散步前去搭車。候車時，新郎說到他在鐵路警察局的工作，竟得要為鐵道上的亡靈收拾殘骸，事先他也不知情。上了火車，我感覺燈光慘白，雙手冰冷，雙腳輕得像浮了起來，除了眼前的路途還擔心著入睡前無法揮去恐懼，甚至日後離家近的室友不在宿舍的獨處夜可會一再喚起。多年後再見面，這對新人已返回家鄉，警察的新任務是對付小城裡特定幾個滋事的少年，依然抱持著做功德的心情，依然賣力起勁。在新居潔淨溫馨的客廳，我們重溫當年如夢的往事，我拿了紙筆，記下一些東西。不知道又過了多久，好不容易據此起了一個頭，取名〈賣睡衣的女人〉。又受不了東一本西一本的筆記，早晚會有意或者無心的遺棄遺失，或者它們自己逃跑了，防範未然將它們打進了電腦，應該是我最早的一批「外星文」。似乎是駭人聽聞使它獲得差別待遇，相對的這成了一個礙，吸引我的不過是這個異鄉客來自於一個沒有鐵道的地方。

這次完成的幾個短篇都是這種纏繞多年的故事，有了寫作意識後緊抓的東西不見得好用，它們不像記敘童年的流水帳那麼溫柔敦厚自然而然，當然也因為寫得越久亂我心者也越多了。最先動筆的一個故事涉入最深，戲一幕幕早就在腦子裡了，寫得好好的理當好好的，卻從這個本子挪到那個本子，曠日廢時，磨合不了，最後不得不將它關閉。這使我想到了普悠瑪號開不進月台。多年美好空泛的想像造就了頑固的月台，打掉它，讓火車進來吧。以一種我現在就要跟它做個了結的心情寫了下去。其中〈雲途〉來自二〇〇〇年一月刊登於《聯合文學》的〈鞋櫃〉，〈非犬貓動物醫院〉則本於一九九九年聯合報小說獎的作品〈果真〉，不再重讀，完全重新寫過。

本想藉由這些都會故事使自己多少擺脫一些鄉土味，但是故事裡頭的人們又一再使我憶起兒時隆冬廟口的戲台，做戲的人頂著北風唱得聲嘶力竭臉僵手凍，我總沒法教自己入迷，熱鬧也不愛，於是繞到後面去看暫時在戲外歇著的唱戲人，他們坐北朝南窩在風搖地動的後台，或者抽菸取暖或者畫眉補妝，要不就凝著煙燻大眼冷望就在前面的海，難得也會無奈的瞧我一眼。那時我好希望我們的海能像夏天一樣漂亮，能得到一點他們的愛。台前的人被困住了，台後的人也被困住了，我是自由的，我從戲台下鑽過，撿到一些他們不慎掉落的珠珠或亮片，拿回家當寶收著。

二〇一三年一月十五日

INK PUBLISHING
文學叢書 349
塗雲記

作　　者　陳淑瑤
總 編 輯　初安民
責任編輯　丁名慶
視覺設計　丁錫卿
美術編輯　林麗華
校　　對　丁名慶　陳淑瑤

發 行 人　張書銘
出　　版　INK印刻文學生活雜誌出版有限公司
新北市中和區中正路800號13樓之3
電話：02-22281626
傳真：02-22281598
e-mail：ink.book@msa.hinet.net

網　　址　舒讀網 http：//www.sudu.cc
法律顧問　漢廷法律事務所師
劉大正律師
總 代 理　成陽出版股份有限公司
電話：03-3589000（代表號）
傳真：03-3556521
郵政劃撥　19000691 成陽出版股份有限公司
印　　刷　海王印刷事業股份有限公司

港澳總經銷　泛華發行代理有限公司
地　　址　香港筲箕灣東旺道3號星島新聞集團大廈3樓
電　　話　(852) 2798 2220
傳　　真　(852) 2796 5471
網　　址　www.gccd.com.hk

出版日期　2013年2月　初版
I S B N　978-986-5933-62-3
定　　價　280元

國家圖書館出版品預行編目資料

塗雲記　陳淑瑤著；
-- 初版，-- 新北市：INK印刻文學，
2013.02　面；公分（文學叢書；349）
ISBN 978-986-5933-62-3（平裝）
857.63　102001396

財團法人｜國家文化藝術｜基金會
99-2期文學類創作補助